黃國倫 牧師

台北 101 主任牧師

《跨 Pray 1》剛出爐時，馬上就一掃而空，國內外的讀者爭先搶購，甚至第二版還沒有印刷完就已經被預訂完了。看到神的兒女對禱告的渴望，實在令人開心！更欣慰的是，許多人在跟著禱告時經歷了主，而且生命因此有了突破！有的教會是集體用此書來操練，也因此挑旺會眾對主的熱情，成為教會的祝福！

如今《跨 Pray 2》即將出版，很期待神的兒女更深地進入禱告之外，也經歷得勝，成為得勝者！願神的兒女都知道爭戰是為了得勝！

啟示錄 3:12-13

得勝的，我要叫他在我神殿中作柱子，他也必不再從那裡出去。我又要將我神的名和我神城的名（這城就是從天上、從我神那裡降下來的新耶路撒冷），並我的新名，都寫在他上面。

聖靈向眾教會所說的話，凡有耳的，就應當聽！

張庭禎 牧師

台南靈糧堂

很開心可以為「不辣的 Brother 李」（協聰牧師強調他不是跟我同 Young 年代的人）寫點文字、推薦這第二本分享著作！

坊間有很多「每日靈修」都帶給有志使用者有所祝福！但我個人覺得他這本分享的信息、很適合晚上休息前花點時間，基本上個人使用、或兩三好友約定陪伴使用，一定會有更多生命的成長！我長期致力在引導本堂家人們「珍愛自己、真享福音」，盼望願意跟隨做主門徒者，能夠建立穩定並且合神心意的生活「靈命律動」——早上 QT（吃喝了主、再開始在世上奔跑天路），晚上 QT（入睡前、與主親近：藉由「感恩 & 今日排毒」學習面對自己內在，或饒恕、卸下重擔、交託憂慮、仰望主……渴慕耶穌 & 與天父之心對齊，致能享受「父神所親愛的、必叫他安然睡覺」）。

這是一本值得有心追求主「花時間操練、進入浸泡」、「得著更豐盛神兒子生命」的使用編著！人或羨慕先知啓示性恩賜，但不可少的、沒人看到之「內在根基」是需要日積月累的長出來！記得哦——買了也一定要操練，就必有果效！

張靜蓉 牧師

靈糧教牧宣教神學院 南部分院 院長

在 2019 年 4 月第一次遇見協聰牧師，在完全不認識對方中，他的先知性服事帶給我很大的突破和看見！

2021 他開始在台南展開鷹計畫的服事，也在 2022 年開始在南靈神學院開先知性密集課程，祝福眾教會。而協聰牧師特別在教會建造、學院課程開展及服事年輕人領域，開啟我許多建造的洞見和方向。記得有一次他和我們年輕領袖用餐時，提醒我們：「如果教會只是一直開會、打拼作事工，也許你們青年牧區會增加一些人，但不會很大擴展。帶他們敬拜禱告尋求神，他們的生命才能起來承擔神的心意和委任！」協聰牧師身上帶著極強先知性恩膏，不只對個人個別的服事，更在教會和國度事奉把神的心意、靈裡的洞見釋放出來，而這是來自一顆內在被製作、花時間尋求祂、愛祂的心！

欣聞《跨 Pray 2》即將出版了！

從《跨 Pray 1》到《跨 Pray 2》，你可以在他的書中看到很深度的隱密處生活， 如除灰、繁雜心思的翻轉、神在內裏的製作，每一篇解開「我到底怎麼了？」及我如何奪回我的眼目、我的心思戰場、我的兒女身分！書中更提到如何過一個「不用力的生活」，走出軟弱的限制、洞察仇敵的雕蟲小技、打破沮喪和失望的巫術，真正經歷什麼是「加速的恩典」！鼓勵家人們，這是一本靈裡需花時間咀嚼的書，求神祝福您更厲害的被祂吸引、真實連結生命樹，長出兒子的權柄和生命！

林立誠 牧師

高雄福氣教會

講「禱告」的書很多，

鼓勵「禱告」的見證也很多，

推動「實踐禱告」的著作也不少；

誠然，每一本鼓勵門徒去禱告的書或小冊，都曾幫助過一些弟兄姊妹走過人生的旅程……

但我推薦李協聰牧師的《跨 Pray 2》，是因為我使用過了第一冊，而不是單單讀了第一冊，這其中充滿了與聖靈的互動和驚喜。所以我是用它，不只是讀它。這是過去我讀過關於禱告的書所沒有的經歷（可能我讀得太少了……）。

如今看到《跨 Pray 2》的問世， 我不得不想起過去使用《跨 Pray 1》的經驗：

如今看到【跨 PRAY2】的面世，我不得不想起過去使用【跨 PRAY1】的經驗…

1. 填字遊戲般地挖掘聖靈對我的感動
2. 刻意安靜下來聆聽聖靈微小的聲音
3. 應用神的話，體會聖靈在生活中的引導
4. 對焦在聖靈的同在裡尋求、思考、作決定

聖靈已經在等待我們靠近，而這本小書使我更鮮活地與聖靈互動。我想《跨 Pray 》系列是渴望領受聖靈，並經歷與聖靈同行的門徒們的好幫手！

馮　珮牧師

高雄福氣教會

住在至高者隱密處的、必住在全能者的蔭下。（詩九十一：1）

隱密處對我而言是一個充滿安全感、令人期待、與神相遇、且跟祂無話不談的地方。協聰牧師的《跨 Pray 1》，在過去幾個月中，幫助我不用太努力，就可以自然而然地進入與神相交的隱密處，實在很感恩。特別對我們這些長年征戰開幸福小組的同工而言，靈的保養顧惜更是得勝且站立得穩的重要關鍵。在我們教會裡，我們有些人自己一個人讀，覺得很得幫助；也有些同工帶著初信主的弟兄姊妹一起讀，領受更是倍增。如今看見《跨 Pray 2》在千呼萬喚中使出來，心中真是無限感恩。

如果你對於可以天天聽見神的聲音，感到很期待，但不知怎麼啟動；或者你對於向神毫無隱藏的分享內心真實的感受，例如恐懼和擔憂，覺得很彆扭，那我要鄭重向你推薦協聰牧師的這本新書，開始閱讀、跟著禱告、用心記錄，你會發現：上帝怎麼那麼愛跟你說話，又向你說那麼多話啊！哈哈哈！這滋味太甜美！

願上帝大大祝福你！

Contents

前言 一起來聽神美妙聲音！

親愛的家人：

無論是在線上或是在文字上相遇的你，我們都很想好好的問候：在過去的日子裡，你喜樂嗎？是否與神有美好的關係呢？常常感覺歲月飛快過去，而最美好的，是你我能夠在禱告中與神相遇，透過祂對我們的心說話，好因著祂與我們同在，能夠擁有喜樂的心來面對未來！

在和大家一起開始這本書之前，最想和你分享的是：你我所認識且終生相信的這一位，是如此樂於和我們說話的神，而且祂無時無刻都想要跟我們對話！

但在繁忙且快速的生活節奏裡，我們是否有留下片刻時光來聆聽祂的話語？或是有什麼奪走了你屬靈的聽覺，使你無法聽見祂的聲音？

當世界震動的音響持續不斷發生，往往在我們生活裡也出現了或大或小的干擾噪音。有時候你可能擔心聽不到神的聲音，有時候甚至會害怕祂的沉默；而這本書，從「爭戰」主題開始，卻在「力量」之中暫停，便是想要鼓勵大家，每一天，讓我們一起從聖經的話語出發，更鼓勵你在每天留下安靜時光，Turn up the Voice of God（聆聽從祂而來的聲音），好在面對現今充滿爭戰的震動中，讓主神美妙的恩言，給予你我得勝的力量。

這本書在 Start up、每天禱告文和全書之後留下的許多篇幅裡，都刻意留下許多填空與空白，那是要讓你寫下任何神所說話語的空間，也是讓你記錄下專屬你與神之間彼此相愛的證據。不要輕忽神在你的禱告或生活裡所留下的任何訊息，有可能只有一、兩個字，或者是一句話、一個人或一首感動你心的詩歌等等，請你把它一一記錄下來，之後，也邀請你可以和屬靈權柄或屬靈夥伴一同分享和察驗，成為自己生命成長的基礎，也可以藉由時時回顧這些內容來思想神的心意與作為。相信三個月結束之後，這本記錄下所有神話語的內容，將會成為你生命中很重要的「祝福之書」。

若是在過程中，你感覺無法聽見祂的聲音或訊息，鼓勵你開始反覆思考或背誦本書裡每一天所分享的聖經經文，甚至可以抄寫下來，讓經文內容深度進入你的生命，深信愛你的神必會藉此給予嶄新的啟示，更能為你引導、引路，讓你真實擁抱真理所帶來的自由。

祂愛你！毫不懷疑！祂想要和你傾訴一切！聖經裡記下了祂的心意：「聽啊！是我良人的聲音；看哪！祂躥山越嶺而來……我良人對我說：我的佳偶，我的美人，起來，與我同去！因為冬天已往，雨水止住過去了。」（雅歌二：8、10-11）

現在開始，一起來聆聽祂急欲訴說的美妙聲音，正預備要對你傾訴無限的恩言！

註：本書相關引用經文，除少部分內容外，完全參考《新標點和合本聖經（神版）》。

前言　每天讓自己專屬於祂！

「耶和華必然等候，要施恩給你們；必然興起，好憐憫你們。因為耶和華是公平的神；凡等候祂的都是有福的！」
以賽亞書三十：18

神正在等候，要對你的心說話，在生活中，祂會透過意念、圖像、異夢或是重覆聽到的話語來啟示你，這些都是祂要對你表達愛和祝福你的訊息。

邀請你每天固定花一段專屬於你和祂的時間，並藉由以下重點來領受祂要給你的祝福。

進入隱密處

像馬利亞一樣給自己一段放鬆及享受的時光，不要內心匆忙，要以單純相信的心，安靜在祂面前，思想祂一直以來對你的愛，也對祂傾訴你心中對祂的一切愛語。

注視祂的面

除去所有會讓你分心的事，包括不信任的雜念、理性分析、恐懼、自卑、不饒恕等，單單注視祂，透過祝福自己的靈人來除去生命裡的謊言，或透過禱讀經文、禱告詞來讓自己更多依靠聖靈，並且查明心中的偶像。

捕捉祂的心

求神讓你敏銳於祂，先讓自己的心能夠成為流通的管道，讓神的信息、禱詞、圖象等能自然且自由的向你顯明祂的心意。

記下祂的話

將所有領受一一記錄下來，在過程中不要加入任何生命經歷或邏輯、理性的分析，也可以找機會和屬靈權柄、屬靈夥伴分享，求神從不同面相開啟對你的啟示。

每當內心有需要時，可以隨時打開所記錄的內容來領受祂對你的愛，更求神讓我們藉此來經歷生命的突破。

（整理自〈鷹計畫〉課程教導）

爭戰

祂又叫我們與基督耶穌一同復活，
一同坐在天上。

以弗所書二：6

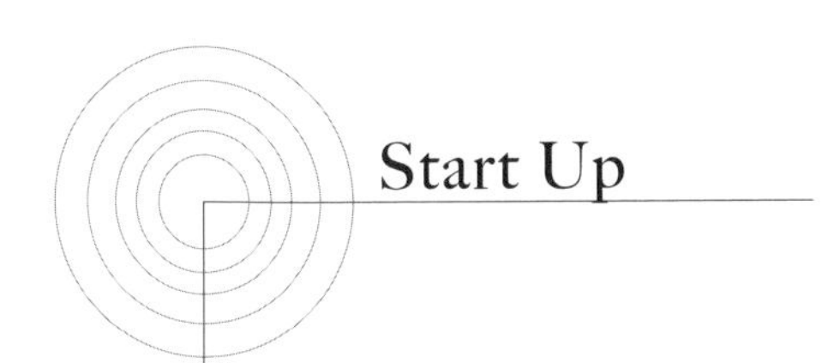

Start Up

1. 在過去的日子中，我常常陷入在哪些掙扎裡？

2. 在這些掙扎中，問問神我相信了什麼謊言？

Start Up

3. 在這些事上，祢要我用什麼方法來抵擋這些謊言？

4. 領受一句天父要對我說的話，並宣告出來。

Day 1 爭戰屬乎神

「祂又叫我們與基督耶穌一同復活，一同坐在天上。」
以弗所書二：6

在一開始，我領受到神把「爭戰」這兩個字賜給我們，因為這是需要藉著爭戰來得地為業的日子；如同約書亞帶領以色列百姓進到了迦南美地，但並非從此就風平浪靜，乃是要開始爭戰的時候。

以弗所書第二章第6節裡說：「**祂又叫我們與基督耶穌一同復活，一同坐在天上**」，這正是我們所有禱告的基礎。這應許讓我們得以被神提到祂施恩座前，並且擁有權柄向著風浪發命令。今天，讓我們來為著自己的思想與眼目爭戰，不要再讓它們被撒旦魔鬼奪了去；這位愛我們的新郎——主耶穌，期望能把更深的愛放在我們心裡，祂熱切渴望能奪去我們所有的目光！

求聖靈幫助我們認知自己是神兒子的身分，開始過一種「不用力的日子」。爭戰之所以能得勝，並非是我們做了什麼，也不是我們禱告多久；乃是在禱告中，我們的心滿足了神的心。爭戰時，要深深明白「爭戰屬乎神」，我們加入了戰局，也必能在平安中得勝。

神帶領我們所面對的是一場早已得勝的戰役；在世上，仇敵篩我們如同篩麥子一樣，而因著耶穌基督的寶血，我們已然得勝。當神帶領你如同約書亞進到迦南美地且開始爭戰時，要特別記住自己並非孤軍奮戰，祂正與你同在；每次爭戰結束，神也會使我們重獲力量，祂要堅固我們，並使我們得以完全。

接下來這一周裡，鼓勵你開始思想到底從何時起心中失去了平安與喜樂？這是我們要把平安與喜樂爭戰回來的時刻。

為自己禱告

我主我的神，我感謝祢、讚美祢！
祢要在我的生命當中做奇妙的工作！
在「爭戰」的日子裡，
祢要獨行奇事、祢要獨行奇事！

祢要在我心裡持續進行「轉換」與「更新」。
懇求主聖靈常常觸摸我，用祢的同在提醒我，
使我的眼目全然轉向祢！
帶領我的眼光能看到祢所看見的一切，
讓我不至落在孤單或屬魂的思想裡。
求聖靈常常為我戴上救恩的頭盔，
帶領、保守我的心思意念，
心思意念就是個戰場，
求祢帶領著我在心思意念裡得勝。

我主我的神，我感謝祢、讚美祢！

Day 2 連於生命樹

「等你們暫受苦難之後，必要親自成全你們，堅固你們，賜力量給你們。」
彼得前書五：10

我們神兒女的生活正如同一場屬靈的爭戰，其中必經歷風浪，耶穌也曾對門徒們這樣提醒：「撒但想要得著你們，好篩你們像篩麥子一樣」（路加福音廿二：31），而祂也應許我們：「等你們暫受苦難之後，必要親自成全你們，堅固你們，賜力量給你們。」（彼得前書五：10b）你我此時正是暫受苦難，至終就能獲得更多的力量。

每一次爭戰，就是神要帶領我們 Upgrade（升級）的開始，並在其中得著祂的屬性；每一次爭戰都讓我們開始連於生命樹，讓神在我們生命裡製作屬祂的性情，從此可以過著「不用力的日子」。求聖靈提醒我們，面對爭戰時，不要只專注在撒旦魔鬼身上，總想著如何用盡全力趕除邪靈污鬼，現在是我們要輕鬆、自由地加入神的計畫的開始，看祂如何來為你爭戰！

先把心中的困苦艱難交給祂吧！或者你曾為某件事禱告許久卻毫無進展，都把它帶到主施恩座前。邀請你現在把手按在心上，把所有的失望、著急，曾經對神的埋怨、憤怒，全然交還給祂，然後讓自己有一些時間安靜，在這當中問問祂要如何帶領你。

「爭戰」中很重要的是「順服」；得勝的重要關鍵在於你是否願意服下來，服在神所量的環境裡。求神把願意順服的心賜給我們，更把願意等候的心賜給我們。現在就開口來宣告：接下來的日子是我們大大得著神榮耀的開始！

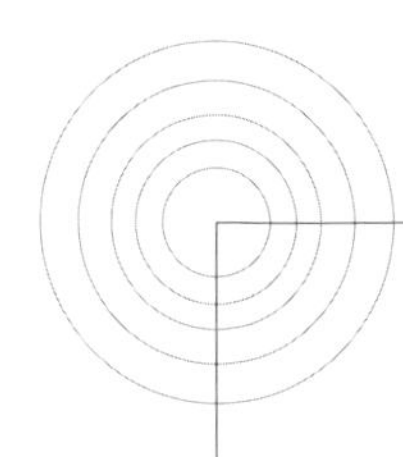

為自己禱告

我主我的神，我感謝、讚美祢，
求主釋放祢極強烈的愛火燒著我！
求祢奪走我一切的眼目。
我要把＿＿＿＿＿＿＿＿
（心中感覺艱難困苦或始終沒有開門的事情）交給祢！
（此刻安靜自己的心，求問神在這些事上的帶領，並將你的領受記下來）

＿＿＿＿＿＿＿＿

＿＿＿＿＿＿＿＿

＿＿＿＿＿＿＿＿

＿＿＿＿＿＿＿＿

我主我的神，感謝、讚美祢，
願祢的話語親自引領我的每一天，
我也要奉耶穌基督的名宣告：現在就是開門的日子！
在未來的三個月裡，求祢將門打開！
在我的生命當中做奇妙的工作！
我主我的神，我感謝祢、讚美祢！
謝謝祢的同在！

Day 3 打破我香膏

「有一個女人拿著一玉瓶至貴的真哪噠香膏來，打破玉瓶，把膏澆在耶穌的頭上。」
馬可福音十四：3

今天，讓我們來思想聖經裡的這位女子所做的事，她在眾人面前打破了玉瓶，將香膏澆灌在主的頭上，為此，主耶穌曾經說過：「普天之下，無論在什麼地方傳這福音，也要述說這女人所做的，以為記念。」（馬可福音十四：9）這是主心中何等記念的啊！

馬利亞手中的這一瓶香膏，是她花上一年的時間來預備，這對當時的女子而言，是要付上不小代價的。想邀請家人們來思想，在你心中是否也有一個需要打破的「一玉瓶至貴的真哪噠香膏」？我想邀請你此刻先安靜自己，求聖靈光照你的心，那些珍愛至深，甚至難以放棄的人、事、物或價值觀，你珍愛到或者讓你無法將之交在主耶穌面前。

若是神啟示你心中的那件人事物或自己的意念，邀請你寫下來。當你這麼做時，就是在你裡面開始宣告，宣告那些無法交出的人事物，甚至有可能是你珍愛的孩子，都要如同馬利亞的真哪噠香膏，今天要一起在主面前打破，並且要將心中所有的愛都澆灌在神前，毫無保留的獻上。

這周是「爭戰」的日子。在「爭戰」時，要持續將心中所在意的所有交出，當你願意交出，你的心就不容易活在「被控告」的感覺裡。

現在就把你的手打開，把你的心交給神。求聖靈來幫助我們，我要奉耶穌基督的名祝福每一位神兒女，當你願意為神打破香膏時，求神的愛火再次燒著你。

為自己禱告

神啊，孩子來到祢施恩座前，
我願意將我心中最在意的

____

（想要交出來的人事物）交出，
求神幫助我！

我願意交出心中全然的愛情
傾倒在主耶穌面前，
渴望祢在我生命當中永遠掌權作王，
我要傾倒我裡面對祢的愛，
並且毫無保留、毫無保留！

Day 4 交換我的心

「若有人拿家中所有的財寶要換愛情，就全被藐視。」
雅歌書八：7

今天一開始，讓我們為著自己可以領受救恩，甚至可以被祂選上而向神感恩。單單為自己來感謝神，為著阿爸父捨了祂的獨生愛子，為我們上十字架、流了寶血，並把我們圈回父家中，因此我們理當感謝，理當為著生命獲得救贖，常常感謝神。

家人們，阿爸父已讓祂的愛子耶穌基督為了我們而死，在世上就只有這位統管萬有的君王，願意且已經為我們而死，讓我們能夠恢復神兒子的位分。每想到這份愛，我的心裡就非常激動，因為真實明白這份愛是何等可貴。我們能拿什麼來換取主耶穌的愛呢？世上沒有一樣事物可以等值替換，甚至聖經裡告訴我們，若有人要拿財寶來換取神對我們的愛，那個人是要被藐視的（參考，雅歌書八：7）。

還記得昨天你在神面前打破的「真哪噠香膏」嗎？你所珍愛與掛慮的一切，在交出之後，神渴望用祂自己的愛來充滿你，正如同祂的救恩所作的「交換」一樣，耶穌基督要拿屬天的豐盛來交換你的貧窮，祂要用屬天的健康要交換你的疾病！

在「爭戰」的這一周裡，鼓勵你要起來為己而戰，這並非要對什麼事情暴力以待，乃是需要常常交出心中所有，因此你能感受到神的同在，祂正熱切的想要把自己的愛澆灌在我們的生命當中。

邀請你把手打開，好像領受禮物一樣，呼求神忌邪的烈焰再次燃起，讓祂的愛再次摸著你。如果你已得著了方言，也可以用方言來禱告。

為自己禱告

我主我的神，孩子要感謝祢，
若不是因為祢，我無法如此蒙福。
感謝祢為我所做的，謝謝祢為我所捨的生命，
更讓我走進豐盛的旅程，並讓我更深的與祢連接。
我真的好渴望，如同那葡萄樹與枝子的關係，
好渴望能和祢形影不離，願祢更深的愛澆灌在我裡面。

神啊！震動我的心，讓我的心單單歸給祢。
祢將自己的生命壓傷，並將祢自己的身體為我而捨，
我又能拿什麼來還給祢呢？
而我並沒有什麼能與祢的愛等值來交換，
只能說在今生的日子裡，能夠全然的愛祢！
祢是我真實的渴望，祢就是我唯一的熱情，祢就是我的唯一！
讓我們能如同那打破香膏膏在祢腳前的馬利亞，
把心中所有的愛情，傾倒在祢面前。
向祢呼求，願祢更深的愛火燒著我，
再來帶領我走進水深之處，我渴望能摸著祢的心意。
謝謝祢、讚美祢！

Day 5 爭戰我的心

「你們死在過犯罪惡之中，祂叫你們活過來；那時，你們在其中行事為人，隨從今世的風俗，順服空中掌權者的首領，就是現今在悖逆之子心中運行的邪靈。」
以弗所書二：1-2

在「爭戰」的這周裡，有一件事情是需要牢記的：我們是神的兒子，在心思意念的爭戰裡，是祂要在我們生命中製作王的性情，好讓我們能確實擁有兒子的權柄，所以每一次「爭戰」的目的，都是叫我們能因此連於生命樹。在以弗所書的這段經文裡，我們都很清楚知道自己曾在過犯罪惡中的光景，但因著耶穌基督為我們死裡復活，也叫我們因此活過來，所以我們的行事為人必須要活得像主耶穌。

然而我們卻很容易隨從如同以弗所書這段經文裡提到的「今世的風俗」，這包括如今一些無神論者的價值觀，甚至要特別注意的就是「流行文化」，這是接下來很常要面對的爭戰。我們常會在無意間一窩蜂的跟隨流行文化走，裡面若失去了主見，便容易因著多數人的認同而照單全收，因著不明白神做事的法則，不經意間就隨從了今世的風俗。

若長期「隨從今世的風俗」，你將很難辨認自己的心現在到底怎麼了，若總將多數人的聲音視為真理，那就要留意自己已掉入「今世的風俗」陷阱裡。在末世裡如同馬太福音第二十四章所提到的「迷惑」（參考，馬太福音二十四：4-5）現今媒體資訊有時常難辨真假，也更容易因為一窩蜂的談論就信以為真。

今天我們爭戰的武器，在於讓自己更深明白神的話語及祂做事的法則，不要讓自己因為不明白而隨從今世的風俗，以至於失去了分辨力，也無法為主而站立。

家人們，邀請大家來留意一下，自己是否在生活中總想附和某些人的想法？或是當團體裡多數意見是不正確時，卻不知該如何回應？鼓勵你在此時安靜下來，請求聖靈幫助你，心裡能有智慧的言語，並且能有溫柔的態度說出，好讓流行文化裡的從眾影響得以被攻破。讓我們來為自己禱告，求神把分辨力給我們，求神挖深我們對祂話語的渴慕。

為自己禱告

主神！再次將我自己全然交還在祢手中。
我主我的神，感謝祢！
求祢挖深我對祢話語的渴慕，
讓我更深明白祢的心意，更深認識祢的愛，
好叫我不隨從今世的風俗，不會盲目的跟著流行走；
求主讓我裡面能有分辨力，
讓我更加渴慕祢的話語，
明白祢做事的法則。
孩子向祢禱告，很多時刻我知道這條路是不對的，
但在團體中卻無能為力，我心裡感到害怕，不知道如何表達。
求祢把勇敢賜給我，再次幫助我能進到祢更深的愛裡。
我主我的神，感謝祢、讚美祢！

Day 6 以愛奪回來

「你們死在過犯罪惡之中，祂叫你們活過來；那時，你們在其中行事為人，隨從今世的風俗，順服空中掌權者的首領，就是現今在悖逆之子心中運行的邪靈。」
以弗所書二：1-2

總要再提醒大家，在「爭戰」的這一周裡，每一次爭戰都是神要我們牢記自己是祂的兒女，而爭戰並不是要砍砍殺殺，乃是要讓我們能擁有王的性情，祂更希望我們單單連於祂，並且站上該站的位置。因此，家人們，要注意不要站錯了戰場，時時回到神施恩座前，好好連於生命樹，遠離那你不該站在的地方。

這兩天裡我們默想了同一段經文，昨天思想到了「隨從今世的風俗」，今天則讓我們思想「悖逆之子心中運行的邪靈」。在經文中講到「順服空中掌權者的首領」，當時以弗所地方的人們仍然存在著「諸靈」的觀念，他們心中有很多神，而這當中的首領就是撒旦，就是那「現今在悖逆之子心中運行的邪靈」，也就是撒旦魔鬼正在那些不認識神或攻擊神的人心中掌權和運行。

家人們，今天讓我們來思想那在你生命中一些感覺與你不和或容易惹怒你的人，這時你是否會想到這個人的哪些缺點或他曾做過的某件事？此時，我想邀請你學習把人分開來看，求神開啟你看見：他為什麼會有這些缺點？他為什麼會去做那些事？在背後又有什麼東西抓住了他？

仇敵常會利用這些不跟隨神的人，企圖攻佔我們所在的每一個地方，牠也會研究、製作一些不合神心意的事情，好讓我們因為受挫而失去平安、喜樂；因此，此刻我們「爭戰」的模式是要「以愛奪回」，要將你心中的平安與喜樂奪回來。

求神讓我們能辨別那人背後的權勢為何，並且讓我們能對人能心生憐憫，甚至生長出愛來。當面對這個人時，不要讓自己受他背後的權勢影響而隨之起舞。「你如何看待這個人」和「這個人怎麼對待你」是兩件不一樣的事情，學習把它分開來看，就能在當中經歷得勝。

奉耶穌基督的名祝福每位神兒女，能夠領受王的性情！

為自己禱告

我主我的神，我感謝祢、讚美祢，
求祢釋放極大的平安臨到我。
求祢將分辨的能力臨到我的生命裡，
讓我能辨別那些冒犯我或讓我感到被拒絕的人，
背後的心思意念是什麼，
讓我懂得用祢的眼光來看待他。
再次讓平安、喜樂回到我的心裡，
讓我靠著祢得勝，
就算面對被冒犯或被拒絕了，
心裡仍然不會失去喜樂。
向祢呼求，在這爭戰的日子裡，
製作王的性情在我們裡面。
奉主耶穌基督的名禱告，阿們！

Day 7 站在祂這邊

「總要儆醒禱告，免得入了迷惑；你們心靈固然願意，肉體卻軟弱了。」
馬太福音廿六：41

在本周最後思想關於「爭戰」時，神一直把馬太福音裡的這節經文放在我心裡；這是出自主耶穌在客西馬尼園禱告後對門徒的提醒。每次當主耶穌退到曠野禱告的時候，都是在面對重大決定或爭戰的時刻，但祂並非讓自己獨自面對，而是選擇與天父來同工。因此，我們所面對的每一次爭戰，都要如同耶穌一樣，這是經歷與天父同工的開始。

經文裡提到，「你們心靈固然願意，肉體卻軟弱了。」我們常常面對著一種考驗，就是理智上知道，但肉體卻無法控制，這就是為什麼常常立志行善由得我，而行出來卻由不得我。而今天我們所面對的「爭戰」，或許也有可能是心裡願意，而肉體卻如此軟弱；好比說：神期望我們能饒恕、能成為和睦的人，然而此時你裡面卻緊抓著那個人不放、無法饒恕，或是對於某件事情仍然內心糾結、耿耿於懷？

神帶領我們的「爭戰」，是為要奪回那曾失去的；這並非要我們靠著自己的力量強求，乃是要讓我們明白：神從不撇棄我們為孤兒，祂必為你爭戰。每一次爭戰，都是信靠的開始，每一次爭戰，只要你選擇站在神這一邊，就必然得勝。

所以，若是神此時希望你捨下或放棄那個人或那件事呢？你是否願意選擇與祂同行？求神幫助我們。

詩篇第六十六篇第 10-12 節裡提到：「**神啊，祢曾試驗我們，熬煉我們如熬煉銀子一樣。祢使我們進入網羅，把重擔放在我們的身上。祢使人坐車軋我們的頭，我們經過水火，祢卻使我們到豐富之地。**」這裡提到神會使人坐車軋過我們的頭，甚至會經歷水火，這就如同我們會面對與人、與事的爭戰，但祂的應許是要領我們到豐富之地。

還記得聖經裡提到，約書亞帶領以色列人要進入應許之地——迦南時的艾城之戰裡，因著沒有聽神的聲音，就在混亂中原地打轉。所以，當面對爭戰時，要記得自己擁有屬神兒子的身分，並且要常常連於生命樹，要聆聽神的聲音，好讓我們能進入豐盛之地的應許裡。

所以當每一次心中出現負面、非神的信念時，都要記得「Stop ！停下來！」，看看神到底要為你做何等大事！求聖靈常常提醒我們，雖經歷爭戰，卻不再被冒犯，不再為此掙扎，而是立刻停止一切想法，如同放棄所有自我的武裝，向那耶和華軍隊的元帥降服，你投靠了必定得勝的一方，面對爭戰就必然得勝。

要把約書亞帶領以色列軍隊攻打艾城的經驗作為殷鑒。「爭戰」得勝的關鍵，並不在乎兵力強大，乃是在乎有多少被選之民（精兵）在隊伍當中。

求神在接下來的日子裡，讓我們能更深明白祂的心意。

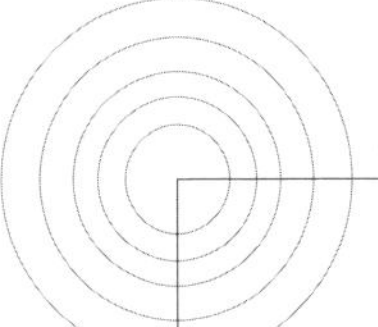

為自己禱告

我主我神，感謝祢、讚美祢。
求祢帶領我們進到水深之處，而那裡正是愛的泉源，
帶領我們常常被祢的愛充滿，更深認識祢的愛情與榮美。

求祢在人生的爭戰裡帶領、幫助我們，
在面對網羅時，能夠安靜下來，
尋求祢的幫助，聆聽祢的聲音，
願祢強烈的吸引我，
讓我不被眼目的情慾、今生的驕傲和肉體的情慾抓住；
讓我能像約瑟在面對波提乏夫人誘惑時，直接選擇離開現場，
在經歷誘惑時刻，讓我能有智慧逃離。

我主我的神，我感謝祢、讚美祢，
讓我有智慧，能更深明白祢的心意。
奉主耶穌基督的名禱告！

留下你想和神說的話：

安息

但願使人有盼望的神，
因信將諸般的喜樂、平安充滿你們的心，
使你們藉著聖靈的能力大有盼望。

羅馬書十五：13

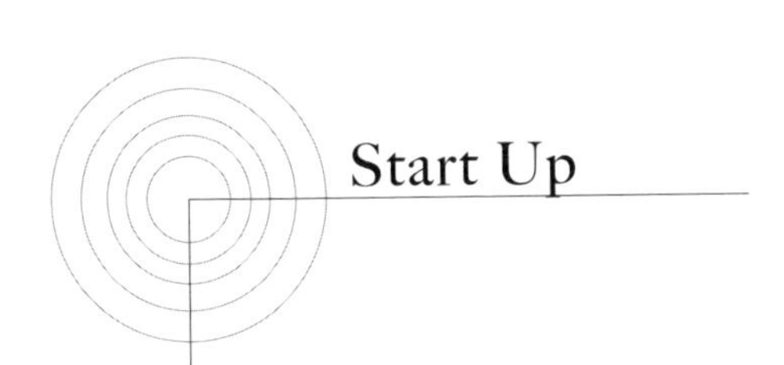

Start Up

1. 這周中有什麼事情使我心裡焦慮、焦躁、停不下來？

2. 當我煩躁時，我怎麼看自己？

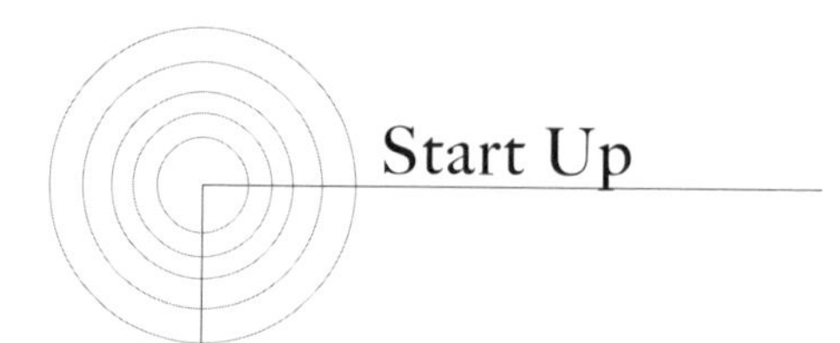

Start Up

3. 神，祢怎麼看煩躁焦慮的我？

4. 領受一句天父要對我說的話並宣告出來。

Day | 安息中等候

「但願使人有盼望的神，因信將諸般的喜樂、平安充滿你們的心，使你們藉著聖靈的能力大有盼望。」羅馬書十五：13

前一周裡，我們提到了「爭戰」，這是神為了要喚醒我們是祂兒子的位分，我們有權柄靠祂爭戰而得勝；接下來的一周裡，神再次提醒我們來思想「安息」，神要我們的心能先回到「平安」裡。

上周我曾建議大家在面對爭戰或問題時，要先「Stop！」，先學習停下來等候。家人們，當你開始等候時，就是神蹟開始時！

在羅馬書第十五章第13節裡提到的「盼望」，指的是對於未來所擁有的美好期待，原文的意涵就是關於「未來」，也就是尚未發生的事情，因著對這位為我們引導引路的神之信心，以至於無論此刻如何，都能夠平安與喜樂，更知道所盼望的這位神，祂總不叫我們失望，因此美好神蹟也必定會發生！

在等候時，我們常有的問題是總覺得神需要按照我所認定的方式去做，這其實是「控制」的問題。我們想要控制神、想要控制人，甚至想要控制自己。家人們，這並不是健康的狀態！願神施恩憐憫，讓你能更深明白祂的心意，祂要我們安心，將自己單單歸給祂。

你要相信祂必不叫你失望，祂並不打盹、也不睡覺，因此你才能有力氣往前行。在未來震動的日子裡，環境會愈來愈艱難，然而環境愈難，恩典會愈大，神蹟奇事也會愈大，神必顯明祂的榮耀！

我要奉主耶穌基督的名，對著每位家人說：有榮耀的事是指著你說的！凡是願意安靜心中意念，來到主施恩座前的神兒女，神必要在你生命中做奇妙的工作！

要記得，讓你心獲得平安的祕訣，在於持續的「Stop」，停在神施恩座前，調轉你的眼目！

為自己禱告

我主我的神，感謝、讚美祢。
神啊！祢真知道我們的心，
很多時刻我渴望學習聆聽祢的聲音，
但總被忙碌和許多事情奪走了我仰望祢的眼目。
願祢讓我知道該如何進入真平安裡！

主聖靈，我要倚靠祢！
藉著祢的大能，我不致失去盼望！
求祢賜下信心的膏抹，膏在我的生命當中。
感謝祢、讚美祢！

Day 2 安靜主面前

「我是葡萄樹，你們是枝子。常在我裡面的，我也常在他裡面，這人就多結果子；因為離了我，你們就不能做什麼。」
約翰福音十五：5

當我們談到「安息」，提到要時時有安靜在主前的時刻，這正如同約翰福音第十五章裡提到「枝子連於葡萄樹」的生活，這也意謂著讓耶穌基督再次在你我生命當中掌權，讓我們能活得更像祂。

聖經裡記載了一些因為沒有安靜等候神而錯失恩典的例子。約書亞當時帶著以色列百姓進到迦南前，所有失敗的戰役都是因為沒有好好聆聽與等候神的心意（參考，約書亞記第七、九章）；此外，還有掃羅因為等不及先知撒母耳來到，就自己開始獻祭（參考，撒母耳記上十三：1-14）。我們常常因為覺得會「等不及」，便失去了神的恩典。求神幫助，讓喜樂與平安再次放回到我們裡面，讓我們的眼目單單注視著祂。從現在開始，藉著安靜下來聆聽神的聲音，安靜下來順服祂的法則，神會讓我們開始進到豐盛裡。

在提到要安靜在主面前時，很多人裡面會開始掙扎，獨處與安靜在忙碌生活中是如此不容易，或是每次安靜時，腦袋裡總想著許多繁雜的事物。我要奉耶穌基督的名祝福你，求神把喜樂與平安豐豐富富的充滿你，我覺得這是神預備要翻轉你的時刻，祂要你開始經歷美好的安息，能夠緊緊的與祂相連。

今天讓我們來學習一個簡單的禱告，透過按手在自己心上，持續祝福自己，並且在未來常常宣告、祝福自己的靈人，叫你的靈人剛強起來。現在就來為你自己祝福。

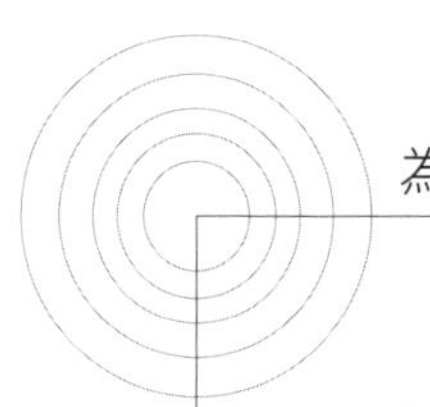

為自己禱告

祝福自己靈人的禱告

主啊！我要奉耶穌基督的名，
祝福 ________________（自己名字）的靈人甦醒過來！
祝福 ________________（自己名字）的靈人
領受主耶穌的平安，領受主耶穌的喜樂！
奉耶穌基督的名，祝福 ________________（自己名字）
的靈人，
不但要甦醒，更要長大成熟，
並且要走進祢的喜樂裡。

我主我的神，孩子要再一次將自己交還在祢手中，
讓我全然傾倒自己裡面的愛情，
主耶穌啊！我何等渴望可以常常注視祢，
讓我如同大衛一樣渴望瞻仰祢的榮美。
當我安靜在祢面前的時刻，加增祢的同在，
讓我能夠更深的經歷到祢奇妙的作為！
奉主耶穌基督的名禱告，
阿們！

Day 3 同釘十字架

「我已經與基督同釘十字架；現在活著的，不再是我，乃是基督在我裏面活著；並且我如今在肉身活著，是因信神的兒子而活，祂是愛我，為我捨己。」
加拉太書二：20

今天，我想邀請大家在安息當中來誦讀和思想這一段經文。

保羅在加拉太書第二章第 20 節裡提到，他的生命是新造的人，是被更新的。那麼，我們要如何才能走進更新的旅程？從這段經文裡可以看到，我們這受洗歸入主名下的神兒女如今在肉身活著，是因為信神的兒子而活；你相信祂是如此愛你，祂單單為你來到世上、也單單願意為你受死，甘心將自己生命的全部全然傾倒於你。而當我們也將自己的軟弱釘在十字架上時，才能使「耶穌的生」常常在我們身上發生，讓我們開始經歷更新的生命。

求神光照你，有什麼軟弱讓你無法回轉到神面前；不論是眼目的情慾、今生的驕傲、肉體的情慾，甚至可能是因為誰奪去了你的眼目，或者是你無法饒恕的人，也或者你無法饒恕的是自己。

鼓勵你現在就把那些無法越過的身心靈難關都寫下來，並且透過大聲宣告神話語的禱告，將一切都釘在十字架上。這是個宣告的過程，你的生命將從此經歷得勝。家人們，這是件非常重要的事，你要持續將生命的主權交還在神施恩座前，就能夠進入神的豐盛裡。

當你將這一切釘在十字架上時，我要求神的喜樂與祂更大的心意全然臨到你心中，讓你能更深的面見祂，並且看見祂奇妙的作為。

為自己禱告

鼓勵你揚起聲音來，開口進行以下這段將生命中的軟弱釘在十字架上的禱告，不斷以神的話語來宣告得勝！

主耶穌，我要將＿＿＿＿＿＿＿＿＿＿（生命中的軟弱）
釘在十字架上，
我要奉拿撒勒人耶穌基督的名宣告：
現在活著的不再是我，乃是基督在我裡面活著！
我要再次奉耶穌基督的名宣告：
現在活著的不再是我，乃是基督在我裡面活著！
現在活著的不再是我，乃是基督在我裡面活著！
現在活著的不再是我，乃是基督在我裡面活著！
阿們！
我主我的神，感謝祢、讚美祢！
當我願意將自己無論在關係、財務上
一切不討你喜悅的心思與行為，
那一切眼目的情慾、肉體的情慾與今生的驕傲
完全釘在十字架上時，
奉耶穌基督的名，
命令這一切黑暗的權勢、從仇敵而來的網羅，
都要一一被攻破！要完全離開我的生命！
我主我的神，我渴望能更深經歷到祢的愛，
帶領我進入祢真實的平安裡。
我主我的神，感謝祢、讚美祢！

Day 4 思念天上事

「所以，你們若真與基督一同復活，就當求在上面的事；那裡有基督坐在神的右邊。你們要思念上面的事，不要思念地上的事。」
歌羅西書三：1-2

神在經文裡提到「**你們要思念上面的事，不要思念地上的事**」。所謂「**思念**」，原文的意思是「全心全意將你的思慮投注於其上」。所以我們需要全心全意將思慮投注於天上的事，天上的事關係到永生，地上的事卻只是暫時。

所謂「**地上的事**」，就是「你現在所想的一切」，這包括時常佔據你心的人事物，比如你的工作或是某位吸引你的人。「**地上的事**」將因著我們敬畏神，願意順服、聽從復活的主，因著虔誠的心，就必定能得著神所賜的基業，你一定可以得著神要給你的產業！

我們要用思念天上事的態度去面對地上的事。「**思念上面的事**」，就是我們要在等候中從神領受那上頭來的能力，我們之所以會有能力，是因能與愛的泉源相連接，求神讓我們能持續在「安息」中與祂相連。

因此，無論環境如何，都要常常留意自己是用什麼態度來面對風浪的。你需要將心全然轉向，讓自己「**思念上面的事**」，而這惟有「安息」才能辦得到。安息在神的同在裡，不再像奴僕、雇工般的汲汲營營，乃是思想神藉由風浪所要表明的心意為何。

我們是一群真實與耶穌基督同復活的人，求主讓我們更深明白祂復活的生命！求聖靈帶領我們思念天上的事，無時無刻、每分每秒都知道，在面臨風浪來臨時，要先回轉到神施恩座前。

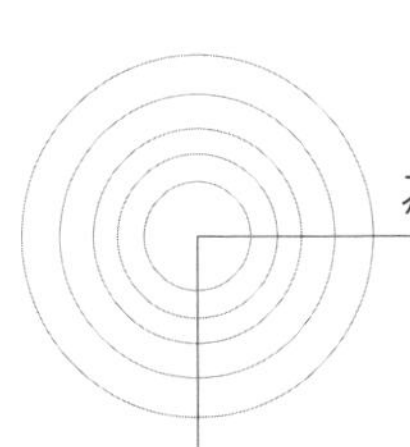

為自己禱告

主聖靈，求祢帶領我，厲害的吸引我。
當我常常面臨到二層天的混亂，
甚至習慣用自己的計謀與想法來框住神要在我生命當中的作為時，
奉耶穌基督的名要打破這一切框架！
求聖靈提醒我，無論做什麼，都能夠重新出發，
讓我這顆心放在祢施恩座前，常常思想祢的美麗，
常常思想祢如此愛我、成全我！

我主我的神，求祢再來幫助我，
無論面臨到生活中什麼樣的環境，
讓我能轉回思念祢。
我把生活中所遇的 ______________（困境或風浪）
交給祢，求祢幫助我能夠時時思念天上的事！
我主我的神，感謝祢、讚美祢！

Day 5 神的等候與出手

「耶和華對我這樣說：『我要安靜，在我的居所觀看，如同日光中的清熱，又如露水的雲霧在收割的熱天。』」
以賽亞書十八：4

以賽亞書第四十三章裡曾提到，祂要我們「看哪！」，祂要為我們做一件新事（參考，以賽亞書四十三：19）。究竟要如何「看」見這件新事？除非你裡面能夠安靜下來。

以賽亞書第十八章第 4 節裡提到，當我們開始安息，神蹟也將開始發生；而真正的安息，除了把私慾都釘在十架上，更要常常「思念上面的事」。以賽亞書裡講到在以色列被仇敵攻擊時，當時神可以阻止，但祂卻沒有，祂對以賽亞先知說：「我要安靜，在我的居所觀看」，在這裡神其實是安安靜靜的在祂的居所觀看；而「如同日光中的清熱，又如露水的雲霧在收割的熱天」，則是神告訴我們，太陽光依舊照耀、生活依舊如常，而神並不打盹，也不睡覺，在祂提到「我要安靜」時，耶和華的使者已開始擊殺仇敵的軍隊，如同農夫的鐮刀割剪樹枝一般容易。

我們的上帝習慣安靜，當祂在祂的居所觀看時，「安靜」並非祂同意仇敵的猖狂，乃是在等候時間與時機。

當我們面臨到風浪，常常容易害怕與緊張，這是因為在生活裡沒有見著耶穌基督的心、沒有見著祂的作為；而當我們安靜下來，神的時間與時機碰撞在一起時，神蹟奇事就發生了。

禱告求神把「安靜」放回我們裡面，讓我們的眼能夠常常「不見一人，只見耶穌」。儘管神面對我們這些很嘈雜的子民，祂仍然大有能力。如果神習慣於安靜，我們也需要開始讓自己安靜、領受平安，才有辦法等候，並且知道我的神就是那獨行大奇事的神！

為自己禱告

阿爸父，謝謝祢、讚美祢！
再次把我自己交還在祢手中，
求祢觸摸我，讓我更深經歷祢的愛，
並且願意歇了自己的工作，
使祢的工作持續進到我的生命當中，
讓我能夠更深的愛祢。

求主聖靈帶領我進入水深之處，
更深的體貼祢的愛，明白祢的旨意，
願祢更厲害的吸引我們，
讓我每天日常的渴望，就是可以快跑跟隨祢。
讓我與祢能有更深的相遇，在生命中經歷祢的同在！
謝謝祢的愛，讚美祢、謝謝祢！

Day 6 祂平靜風浪

「忽然起了暴風……耶穌在船尾上，枕著枕頭睡覺。門徒叫醒了祂，說：夫子！我們喪命，祢不顧嗎？耶穌醒了，斥責風，向海說：住了吧！靜了吧！風就止住，大大的平靜了。」
馬可福音四：37-39

若是上帝在我們生命中沉默、不再講話了，你還相信祂嗎？

當我們進到「安息」的日子，更需要常常明白神的心意。今天想要特別為一些家人來祝福。

有些家人可能正在面對「等候期」，你覺得神都不對你說話。然而，神並非不說話，而是要讓「等候」成為你榮耀的記號；安靜等候的日子，正是開始建立信任的日子。神常在你我最艱難的時刻裡造訪，祂以「等候」訓練我們能調轉到祂施恩座前。禱告你能在等候時生發信心，而非退後！

也許還有一些家人，你的愛心正在冷淡退後，你覺得無法感受到祂的同在。我想呼求神把忌邪的愛火在你心中燃燒，帶領你回到起初的愛，更深經歷祂奇妙的作為！

更要為著在生活中感到疲憊的你來禱告。可能工作裡的停滯耽延已讓你無所適從，而又同時有其他因素包括家庭關係等等介入其中，讓你感覺身心靈疲憊不堪。今天神要搭救你！接下來鼓勵你常常操練要向著環境發命令：「＿＿＿＿＿＿＿＿＿＿＿＿（你所有的風浪）**住了吧！靜了吧！**」，並且宣告：「我的生命要走進神的豐盛！」

家人們，沮喪與失望常會引來巫術，讓我們無法見著神的面、經歷祂的奇妙；鼓勵你在此時更要揚聲開口，向著一切難處發命令，要持續呼求耶穌，因為唯有祂能夠止住風浪！

在「安息」的日子裡，我們要回到神施恩座前將自己交還給祂，更要堅信我們所爭戰的一切，祂已經為我們勝了又勝。為著正在面臨這樣景況的神兒女禱告，若是你此刻並沒有經歷到這樣的困境，也鼓勵你來祝福神所寶愛的家人，祝福他們能經歷上帝奇妙的作為，神所預備的豐富之門要為他們打開！

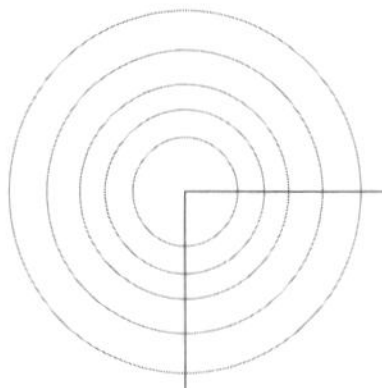

為自己禱告

等候者的禱告

主聖靈，謝謝祢！求祢再次觸摸我，奉主的名宣告，我生命裡一切的灰塵都要挪去！我渴慕著祢的造訪與同在，主啊！就是現在！就在這裡！我向祢禱告，當我回到祢施恩座前，祢的同在現在就豐豐富富的充滿我。

求主帶領我，在風暴、風浪裡仍知道祢在船上、祢仍然在船上！

求主帶領我，在 ________________ (所等候的事) 要開始進到加速裡，讓我與祢的關係也要更加速的親密，並且更深、更豐富！

我主我的神，我感謝祢、讚美祢！

為心中感覺無法經歷主禱告

主聖靈，孩子向祢禱告，

求祢更深的同在、愛的觸摸臨到我的生命當中，

當我在等候中，彷彿無法看到、也感覺不到祢說話而心煩氣躁時，我要奉主耶穌基督的名宣告，

現在、立刻要攻破這一切的堅固營壘，攻破這一切的擔憂害怕！

我主我的神，祢要做奇妙的工作，祢要做奇妙的工作！

為面對停滯與耽延禱告

我主我的神，我感謝祢！
讓我持續感受到祢的重量，知道祢就是那引導引路的神，
帶領我將情感與心思意念，再次分別為聖，
再次將我自己單單歸給祢！

阿爸父，我要來到祢施恩座前，
求祢奪走我一切的眼目，願祢更深的愛充滿我，
帶領我走進水深之處。

在我生命中遇到的 ______________________________（你所有的困境），
都要奉耶穌基督的名，命令這一切的耽延要完全、完全離開我！
我主我的神，求祢帶領我走進加速的旅程！

主聖靈，我歡迎祢！願聖靈的大風吹，
吹走一切的憂愁嘆息，吹走一切的沮喪下沉，
奉耶穌基督的名宣告，
我下垂的手、發酸的腿要再次活過來、再次活過來！
獨行奇事的神，祢答應我們，祢來是要叫我得著豐盛的生命，
所以我向祢禱告，接下來要為我打開豐盛之門！
感謝主、讚美祢！

Day 7 常住基督裡

「我是葡萄樹，你們是枝子。常在我裡面的，我也常在他裡面，這人就多結果子；因為離了我，你們就不能做什麼。」
約翰福音十五：5

這些天裡，你是否已經歷到如同約翰福音所說的「葡萄樹與枝子」般與主相連的生活？讓我們繼續宣告，因著住在基督裡，生命裡的一切都要更新了。

那麼，接下來，要如何才能常住在基督裡呢？家人們，這是指在生命當中可以因著耶穌基督的愛來分別為聖，讓神的慈繩愛索再次將我們帶回祂的懷裡，我們也要更深渴慕祂。

特別在這震動的日子裡，鼓勵你需要常常回到神面前。當你感到自己和神的關係開始冷淡退後，或開始被瑣事纏累時，要求神將更深的愛充滿你；在每天生活中，求聖靈幫助我們忘記過去的成功與失敗，向著神所立的標竿直跑。

求神帶領我們繼續連結於祂。當安息在祂懷裡時，我禱告祂的平安要臨到你，願祂愛的熱流澆灌下來。

邀請你把手打開，就像領受禮物一樣，為自己來禱告，仍然鼓勵得著方言的家人，可以用方言來禱告。求神的愛火持續燒下，讓我們感受祂愛的同在，燒掉一切的冷淡退後，燒掉一切的邪情私慾，燒掉一切使我們無法定睛於祂的眼目。

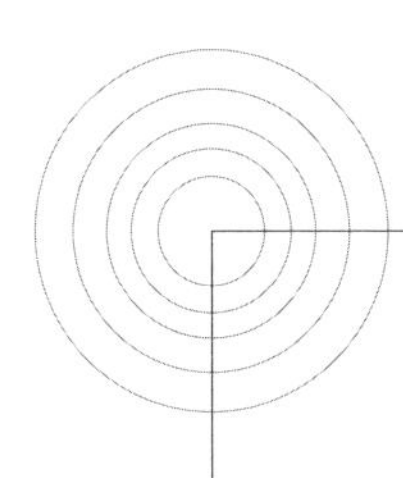

為自己禱告

我主我的神，求祢調轉我心，讓我更深經歷祢的愛！
當我一直思念地上的事時，
便無法來到祢施恩座前領受這從上頭來的能力，
求祢的愛火就澆灌下來，讓我感受祢的同在，
願聖靈那忌邪的烈焰燒下來，
燒掉我一切的眼目，燒掉我肩頸的重擔，
燒掉我身體裡所扛負的，燒掉我一切的緊張！
求祢讓我的眼目離不開祢、單單注視祢，我的心專屬於祢！
求祢帶領我真實知道應當如何住在基督裡，
幫助我因著耶穌基督的愛，
讓我單單渴慕祢，常常見著祢的面，經歷祢奇妙的作為！
讓我能夠更深愛祢！
我主我神，感謝祢、讚美祢！

留下你想和神說的話：

加速！恩典！

祂對我說：我的恩典夠你用的，
因為我的能力，是在人的軟弱上顯得完全，
所以我更喜歡誇自己的軟弱，
好叫基督的能力覆庇我。

哥林多後書十二：9

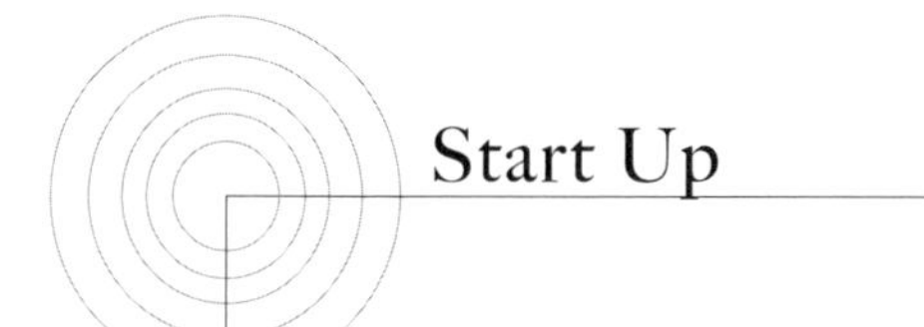

Start Up

1. 問問神，在這個季節裡我最缺少什麼樣的果子？

2. 哪些原因，讓我失去了這些果子？

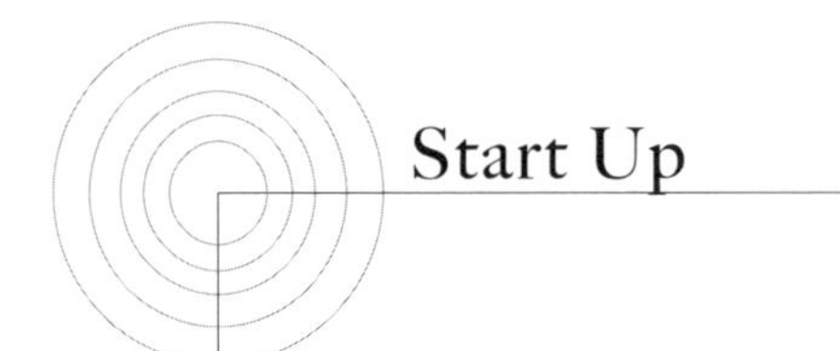

Start Up

3. 問問神，我要如何常常保有這些果子，不被仇敵偷走？

4. 領受一句天父要對我說的話並宣告出來。

恩典夠我用

「祂對我說：我的恩典夠你用的，因為我的能力，是在人的軟弱上顯得完全，所以我更喜歡誇自己的軟弱，好叫基督的能力覆庇我。」
哥林多後書十二：9

這個星期，神把「加速！恩典！」放在我們當中。我們會進到「加速」，也會看見神的「恩典」。

當講到神的恩典，祂也把哥林多後書第十二章第9節賜給我們。保羅曾經三次求主讓身上的刺能離開他，而在此時，他領受到神的話說：「我的恩典夠你用的」。

家人們，神的恩典在哪裡？就是在我們的軟弱裡，神要在此時，叫祂的能力來覆庇我們。每當面對風浪的時候，一定要記得：「主的恩典夠你用」，主的恩典夠你用！主是在人的軟弱裡顯明祂的能力，無論風浪或苦難，都是神引領我們進入恩典的開始，而重要的是，我們是否能夠懂得支取祂的能力。

保羅身上的「這根刺」，正是他的軟弱，但他卻說：「更喜歡誇自己的軟弱。」這裡講到的「軟弱」，並不是犯罪或做了得罪神的事，也不是心靈跌倒而遠離神，而是指進入了「限制」裡，就如同面對疾病一樣，無法預期、也常在不樂意當中臨到我們身上。然而面對這樣的軟弱，若總身陷其中卻又不願順服神所量的環境，甚至常自以為可以應付，其實反倒更容易被它限制住。

你是否曾落在這樣的景況裡？事實上，在這時候，惟有更多倚靠神，才能讓你更深明白上帝的恩典。

保羅說他更喜歡誇自己的軟弱與限制，為要叫基督的能力更多覆庇他；當我們軟弱時，要知道神仍然會持續幫助我們，並且期望我們能更多抓住祂的恩典。

求聖靈幫助我們經歷祂奇妙的能力，進入耶穌基督更深的愛情裡！一起來禱告，在一周的第一天，將自己的一切都交還給神。

為自己禱告

我主我的神，
當我將自己的軟弱交給祢，相信這是祢所喜悅的；
每當軟弱臨到時，讓我的眼目可以更深的轉向祢。
奉主的名命令一切軟弱完全離開！願祢的能力現在就充滿我！
幫助我在面對風浪、苦難時，
不會總在不甘心、不願意順服及埋怨裡，
而是真知道：這正是要來到祢施恩座前單單誇自己軟弱的日子，
也知道這是祢的能力要覆庇我的開始！
每當為著我的軟弱＿＿＿＿＿＿＿＿開口祝福時，
一切的憂愁、嘆息都要逃跑，
因為祢答應我，在呼求祢的日子，仇敵都要轉身退後！
求祢帶領我常常處在豐富裡，擴張我靈裡的豐富！
奉耶穌基督的名宣告：我要進入「加速」的恩典裡！
謝謝主，讚美祢！

Day 2 交託我軟弱

「因為神救眾人的恩典已經顯明出來，教訓我們除去不敬虔的心和世俗的情慾，在今世自守、公義、敬虔度日。」
提多書二：11-12

當我為著神在本周所賜下的主題：「加速恩典」禱告時，神把提多書第二章第 11-12 節賜下。神在經文裡的心意是要讓我們知道，你我都是蒙恩的人，這個恩典已經顯明出來，所以我們要除去「不敬虔的心和世俗的情慾」。因此，當我們渴望要進入「加速恩典」的日子，有一件事是天天都要做的，那就是：「除灰」。

什麼是「除灰」？就是每天不帶著擔憂，過著心靈輕省、潔淨的生活。如同希伯來書第十二章中所說，要「放下各樣的重擔，脫去容易纏累我們的罪」（希伯來書十二：1），這個就是「除灰」。

「除灰」要怎麼做呢？在以賽亞書第四十三章第 18-19 節裡提到：「耶和華如此說：你們不要記念從前的事，也不要思想古時的事。看哪，我要做一件新事；如今要發現，你們豈不知道嗎？我必在曠野開道路，在沙漠開江河。」神要我們做的只是「看哪！」，祂要做一件新事，所以祂不要我們去記念從前的事，也不要我們去思想古時候的事，我們逐漸除去過去心靈的灰塵，就開始進入祂所給予的嶄新未來！家人們，我要說，神「必在曠野開

道路，在沙漠開江河」！

在「除灰」之後，其次要做的就是「加強品格」。如同經文所說的：「**在今世自守、公義、敬虔度日**」，這意謂著要持守神所給的品格。這包括了加拉太書裡所提到的仁愛、喜樂、和平、忍耐、恩慈、良善、信實、溫柔、節制（參考，加拉太書五：22-23），這九個果子就是神的九種性情，也是神希望我們能夠結出的九種品格。這些品格果子裡，哪一個果子是你最難結出的呢？又是什麼原因讓你無法結出這個果子呢？安靜下來尋求神，讓祂來啟示和光照你。

始終要記得這件事：神的心意是要幫助我們進入恩典與恩福中。神救眾人的恩典早已顯明出來，你我都曾在為奴之地裡，而如今，耶穌基督的愛、十字架上的寶血已將我們重價買贖回來了。

求聖靈幫助我們在接下來的日子裡能夠「除灰」，並且開始「加強品格」，就是學習在看到不足之處，開始起來祝福自己。

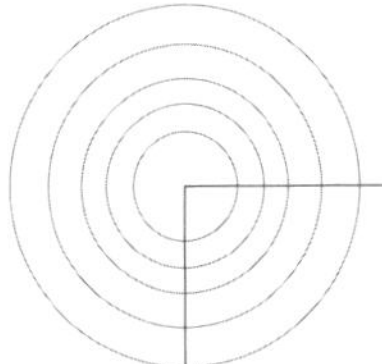

為自己禱告

我主我的神，我感謝祢、讚美祢！
主聖靈，祢不但用說不出來的嘆息為我代求，
我更要向祢求一個恩典，
求祢帶領我能進入祢的心意，
更深看見祢在我生命中所做的奇妙！
特別在要領受祢「加速恩典」的日子裡，
常常提醒我，不要再記念從前的事，也不要再思想古時的事，
不要總是落入埋怨與碎念裡。
帶領我可以真實的加強品格，好在今世可以自守，
祢讓我看見自己在＿＿＿＿＿＿＿＿（難以結出的果子）很軟弱，
因為我＿＿＿＿＿＿＿＿＿＿（無法結果的原因）
求祢幫助我可以單單因祢而誇勝，
讓我可以長出屬祢的智慧，長出耶穌基督的身量！
讓我得以敬虔度日。
我主我的神，感謝祢、讚美祢！

Day 3 關乎我的事

「耶和華必成全關乎我的事。耶和華啊，祢的慈愛永遠長存，求祢不要離棄祢手所造的。」
詩篇一百三十八：8

人人心中都渴望恩典能夠加速來到。今天，我要邀請你思想：生命裡有哪一件事情，是你十分盼望能夠出現「加速恩典」的？我鼓勵你在接下來的日子裡，要持續在禱告中為這件事情宣告，開始學習向著這件關乎你的事來發預言。

當我們在禱告中開始宣告時，就是向著所在的環境發預言，在發預言的同時，可以讓你的眼目持續轉向神。求聖靈帶領我們，仔細觀看這件關乎我們的事裡，神的心意究竟是什麼？求神帶領、提升我們，能夠看見祂所預備的遼闊之地。

若是你發現，在日常生活中，有些事物一直奪走你的心，讓你總是想起它，以至於常常無法專注在新郎耶穌身上。求主施恩憐憫，以祂更深的愛來觸摸你，使你的眼目無法離開祂，並且能夠體貼到祂的心，讓你所看的是耶穌所看的、所聽的是耶穌所聽的。在「加速恩典」的日子裡，鼓勵你持續宣告與祝福那些讓你心思意念難以忘記的事物，但卻是站在神的恩典裡，看見祂奇妙的作為。

我也想邀請你再來為自己禱告一件事情，就是讓那「敬畏耶和華的靈」現在就充滿在你的生命當中！「敬畏神」在英文裡使用的是「Fear（害怕）」，這並非要我們害怕神，乃是要我們更愛神，並且愛到一個地步，害怕祂會為我們而難過，更捨不得祂替我們擔心，因此會渴望聖靈幫助我們設立下健康的界線，不致因越界而進入罪的權勢。求神賜下「敬畏耶和華的靈」，現在就充滿我們，願神幫助我們更愛祂，不讓我們陷在環境的混亂裡，行出屬祂的性情來！

現在就在禱告裡交出自己的軟弱！邀請你把眼睛閉上，並且按手在自己的心上，我求聖靈現在就帶領你進入到祂能力的覆庇裡，帶領你進入未來，進到神為你所預備的豐盛裡；而你要站在這豐盛裡來祝福現在的環境。

邀請你在這一周裡常常進行這樣的操練。先讓自己進到神為你預備的豐盛，並且來祝福此刻的軟弱，這樣你將開始領受到神的大能。願聖靈帶領你進入「加速恩典」的旅程，當你裡面開始藉著神誇勝，你也會開始進入得勝當中。

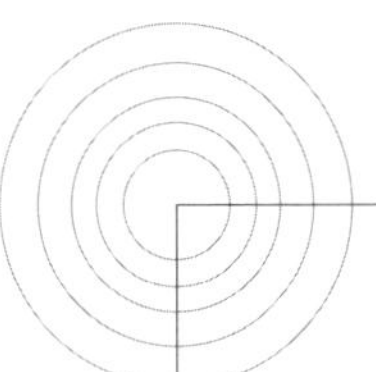

為自己禱告

主！我要將＿＿＿＿＿＿＿＿＿＿＿＿（所關注的事情）
交還給祢，
求祢讓我明白祢在這件事情上的心意。

（安靜聆聽神如何對你的心說話，並且求神帶領、提升你看見祂所預備的豐盛與遼闊之地。）

奉拿撒勒人耶穌基督的名，
宣告這是加速的日子、是加速的日子！
求祢降下禱告的靈火燒著我，
讓我無論在靈命，或是工作、家庭或財務裡；
都能經歷到主祢所帶領的「加速」旅程。
奉主耶穌基督的名禱告，阿們！

Day 4 主愛永不變

「你們祈求，就給你們；尋找，就尋見；叩門，就給你們開門。」
馬太福音七：7

你覺得神的愛是什麼樣的愛？祂對我們的愛情又是如何呢？雅歌書裡清楚的說，祂對我們的愛，是財寶也無法換取的愛情！（參考，雅歌書八：7）今天一開始，我想邀請聖靈幫助我們更貼近主耶穌的心，也能更明白自己此刻的心思意念。

也許有些人的生命中，正在經歷一個茫然無助的階段，你覺得神的愛看也看不見、摸也摸不著，對於未來，你一無所知，也手足無措。有時候，你在尋找方向時迷失了，就以為再也找不到了，甚至開始覺得神並不顧念你。

求神幫助你要牢牢的記住，祂從不撇棄你為孤兒，即便再難的環境裡，祂都在！耶穌要向你顯明祂的愛情，就是那在十字架上為你犧牲一切的愛。或者你常常覺得禱告了許久，卻感覺毫無動靜。然而在永恆的時間表裡，每一次禱告都是將這個人或事持續往神的國度裡推進，你一定要知道，在我們肉眼所看不見的靈界裡，正在持續的震動，每當我們禱告，就是憑著信心宣告，憑著信心相信這位神持續在動工，祂自己應許我們，祂不打盹、也不睡覺，而那還沒看見就相信的人是有福的，願我們都能走進這樣的恩福與恩典裡。

家人們，要知道在人生的四季裡，神一直都在，祂始終未曾離開！此刻的你，正在經歷向來沒有人走過的旅程，正踏上一條信心的道路！在無法領受與感受時，也正是我們裡面要真實堅信的時候。求耶穌基督深刻的愛情，再次向你顯明，顯明祂的同在，顯明祂從未離開！再次來向主說：「主耶穌，我愛祢！」當你開始說你愛祂時，祂那極深的愛就要開始覆庇你。我要奉主的名祝福神所寶愛的你，當你開口向祂陳明心中的愛情時，藉著祂的靈，你心裡的力量也要剛強起來，脫去生命中的軟弱，並且經歷到「尋找，就必尋見」的祝福！求主帶領我們走進「加速」「恩典」的日子，奉主名釋放信心的大能與膏抹，膏在你的裡面！

為自己禱告

主，孩子要再來感謝祢！
謝謝祢在十字架上那無私的愛，
我要向祢說：主耶穌，我愛祢！主耶穌，我愛祢！
我要再次對祢說：我好愛祢，好需要祢，
真的好渴慕祢的同在！
當我摸不著、看不見祢的引領，感受不到祢同在的時候，
我會心慌，不知道該怎麼往前走；
而祢應許我：我呼求祢，祢就應允我，
我尋找，就必尋見，叩門，祢就為我開門！
神啊！離了祢，我什麼都不能！
若有人要拿財寶來換取祢的愛情，這人是被藐視的！
求祢幫助我見著祢的面，經歷祢更深的愛！
釋放忌邪的烈焰，讓更深的愛火燒著我，
燒掉我一切的邪情私慾，讓我更深的愛祢！
謝謝祢的同在！奉主耶穌基督的名禱告，阿們！

Day 5 信心的恩典

「我們又藉著祂，因信得進入現在所站的這恩典中，並且歡歡喜喜盼望神的榮耀。」
羅馬書五：2

羅馬書第五章第 2 節告訴我們，因著耶穌基督的愛，把我們從為奴之地拉拔出來的恩典，我們是因為「相信」而能夠站在這恩典中， 我們是因信而稱義，不是因著行為來稱義。

家人們，你一定要記得這件事，即便你不做什麼，神都愛你，祂深深的愛你。這一生裡，神不是要創造我們成為雇工，你的受造乃是要來享受被愛的，我們現在就是站在這樣的恩典中。

人生旅程中，信心是很重要的。我們如何能夠歡歡喜喜地盼望神的榮耀來臨？乃是因為「藉著祂」，你所相信的這一位神，早已做成得勝的工作，藉著祂得勝，我們也要得勝。

羅馬書第五章第 3 節裡說：「不但如此，就是在患難中也是歡歡喜喜的。因為知道患難生忍耐」。若此刻的你正處於患難中，也唯有因著心中的盼望，相信神早已得勝，才能夠在獨自面對的人生旅途上耐心前行。

「患難」在希伯來文裡的意思，是如同橄欖被壓榨成油一樣。在每個患難裡，神要我們憑著信心與祂同行，過程當中的「忍耐」是十分重要的。神要我們學習「忍耐」，患難中的忍耐會蒙上帝的嘉許。

在信心當中的忍耐，能夠讓我們這屬土的性情更多順服在神施恩座前，也能夠因著信站在恩典當中。事實上，常常在我們最危急的時候，神會刻意且超自然的造訪，但我們需要先憑信心來到祂面前。

求神把信心再次賜給我們，幫助我們能領受祂更深的愛，也更多抓住神奇妙的作為，愈發看見祂在我們生命當中所彰顯的奇妙。

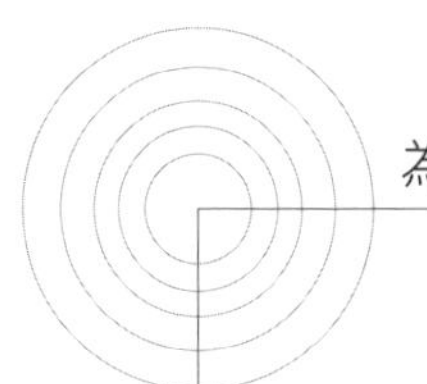

為自己禱告

我主我的神，感謝祢、讚美祢！

主聖靈，我常常信心不足，但卻要向祢呼求，
求祢賜下信心給我，讓我能歡歡喜喜的盼望未來，
歡歡喜喜的走這一條向來沒有人走過的路。
求祢再來幫助我，讓我從內心湧出喜樂，
即便沒有看見，都能相信祢持續在動工。

求祢轉換我的眼目，
讓我們在患難與面臨考驗時，
把忍耐的品格賜給我，讓我不是消極的忍受，
乃是主要我透過環境來宣告、向著環境發命令：
我主我的神正在其中帶領！
讓我在還沒看見就相信祢已經做成了！
持續帶領我能夠更加有信心，
賜下啟示給我！
我主我的神，感謝祢、讚美祢！

Day 6 喜樂的力量

「要常常喜樂，不住的禱告，凡事謝恩；因為這是神在基督耶穌裡向你們所定的旨意。」
帖撒羅尼迦前書五：16-18

本周，神定意要讓我們擁有「加速恩典」的祝福，因此我要再一次宣告：「在人這是不能的，在神凡事都能。」（馬太福音十九：26）我也要鼓勵你，若是你為一件事禱告很久、很久，但卻始終沒有改變或是門並沒有打開，一定要好好繼續禱告，神必定會祝福你，也會讓你更明白祂的心意。

前幾天裡，我們談到生命裡需要常常「除灰」，也要宣告屬靈的品格得以成長，更要宣告神必會在關乎你的事上，讓你看見祂的作為。不曉得在這幾天的禱告裡，你是否有感受到生命開始進入「加速恩典」？今天想和大家分享一個進入「加速」的祕訣，就是要進入「喜樂」裡。

進到「加速恩典」裡，理當要喜樂！要記得當我們的臉上開始出現笑臉時，將會帶來屬靈環境裡極大的轉化。生活之中要常常喜樂其實並不容易，但是當你竭力操練喜樂時，將可以進到生命的自由裡。

如何才能常常喜樂？首先要願意順服在神所量的環境裡，你願意先服在神施恩座的權柄下，才有辦法經歷祂奇妙的作為。常常來宣告神蹟奇事要臨到你！當你用信心起來回應神時，將會看見神要為你打開的那門，是沒有人可以關的！

撒旦魔鬼常常企圖偷走我們的喜樂，若我們看透它不過是雕蟲小技時，我們就贏了！因著神的恩典，我們可以享受祂施恩的作為，因著祂的得勝，我們便無所畏懼！讓我們再來為自己禱告。若是你始終無法喜樂，甚至正在揹負重擔，你的心裡也無法感覺輕省，現在就把自己再次交還給神，求主耶穌基督那如同新郎的愛情，馬上傾倒在你裡面，而你將因此能夠更多渴慕祂，將自己單單歸給祂。

為自己禱告

哈利路亞！哈利路亞！哈利路亞！
主耶穌，我讚美祢！
我立定心志要來讚美祢，
因為我愈發讚美，生命的灰塵就都要脫落！
我愈發讚美，就要看見祢的國在榮中降臨！
我愈發讚美，祢就要帶領我領受喜樂的泉源！
我主我的神，感謝祢、讚美祢！
我立定心志，選擇要來歌頌、讚美祢的奇妙。
再次把自己交還在祢面前，
也把我心中的這件事＿＿＿＿＿＿＿＿
（禱告已久的事或是心中想要祝福宣告的事）交還給主，
願祢祝福這件事能夠＿＿＿＿＿＿＿＿
（求神啟示、帶領你為這件事宣告與祝福）
經歷祢的豐盛及奇妙的大能！
因為我知道祢是得勝的主，並且是勝了又勝的主！
謝謝祢、讚美祢！

Day 7 感謝主恩典

「我的心哪，你要稱頌耶和華！不可忘記祂的一切恩惠！」
詩篇一百零三：2

詩篇第一百零三篇是大衛所寫的詩，在他被擄歸回時，來到神面前持續獻上感謝。大衛被追趕得幾近死亡，但是在經歷過亞杜蘭洞的訓練及許多熬煉後，他明白這完全來自於神的拯救。所以他說：「我的心哪！你要稱頌耶和華，不可忘記祂的一切恩惠！」不管大衛經歷到何等試煉，他都願意來稱頌神，因為他知道這一切都來自神的善待，神是要藉著這些風浪來保護及訓練我們擁有王的性情。

家人們，經文裡講到的「一切」，指的是舉凡你所經歷的大小事，而「恩惠」這個字，在舊約聖經裡總共出現了 19 次，原文的涵意是指「對待」、「報酬」與「益處」，也就是神所給的一切好處與恩典。「不可忘記祂的一切恩惠」，就是提醒我們要在一切大小事上都能「稱頌」神，這也代表了你把生命主權的完全交托。

家人們，一個常常懂得感謝與報恩的人，能夠奪了耶穌的心。我認識一位弟兄，他有一本小冊子，記載了他所有的禱告內容以及神所有的回應，從他信耶穌開始的兩、三年裡，蒙神垂聽禱告的記錄就已經有 280 幾項。

鼓勵你把神曾在生命當中所做的一切都記錄下來。神沒有應許天色常藍，每當你失望、無助時，回顧神曾經給予你的大大小小恩惠，也為此來感謝祂，這就是藉著神，能讓你心裡的力量剛強起來！

為著一切來感謝神吧！包括那生活中期盼但沒有獲得的事物。因為當你可以為著所有來感謝與稱頌，就表示你將萬事的主權都交給神，你也決定要順服祂到底。若是你現在身陷困境，事情總在原地打轉，「感恩」更是你進入突破的重要關鍵。在今天禱告前，邀請你再次思想，是否仍心繫著一件十分想要突破的事？現在就為著這件事情來開口感謝。愈感謝祂，就愈會看見神所賜下的救恩道路，祂必會從施恩座前搭救我們。

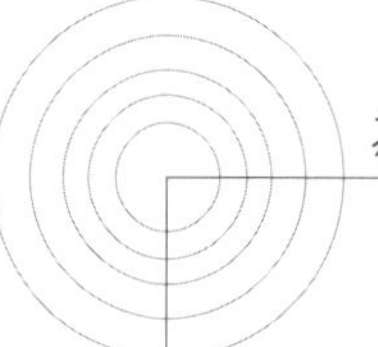

為自己禱告

我主我的神，我感謝祢、讚美祢，謝謝祢過去用厚恩來恩待我，祢把我從為奴之地搭救出來，我更要為祢所量給我的所有環境來向祢獻上感謝。

為著面對停滯與耽延的景況感謝神

奉主的名宣告：我所面對的＿＿＿＿＿＿＿＿（停滯耽延的事情）都要一一突破，奉主的名宣告，我已經看見這個突破！願祢的旨意成就在我的生命當中！謝謝祢向我所施的恩如此豐富，謝謝祢以厚恩待我！我主我的神，感謝祢、讚美祢。

為著生命中遇見的困境感謝神

詩篇第六十六篇第 10-12 節裡應許我們：「神啊，祢曾試驗我們，熬煉我們，如熬煉銀子一樣。祢使我們進入網羅，把重擔放在我們的身上。祢使人坐車軋我們的頭；我們經過水火，祢卻使我們到豐富之地。」無論是網羅、重擔，或有人坐車軋過我的頭，我都要為此感謝祢；為我與人的關係來感謝祢，人或者會背叛，但主祢不會！感謝祢如此恩待我，雖然我經過水火，但祢應許要帶我進入豐富之地！

我要奉主的名宣告：我已經走在神加速恩典的時間表裡了！求主帶領我能經歷祢更深的愛與奇妙的作為！我主我的神，感謝祢、讚美祢！

留下你想和神說的話：

專心愛主

神說：因為他專心愛我，我就要搭救他；
因為他知道我的名，我要把他安置在高處。
他若求告我，我就應允他；
他在急難中，我要與他同在；
我要搭救他，使他尊貴。

詩篇九十一：14-15

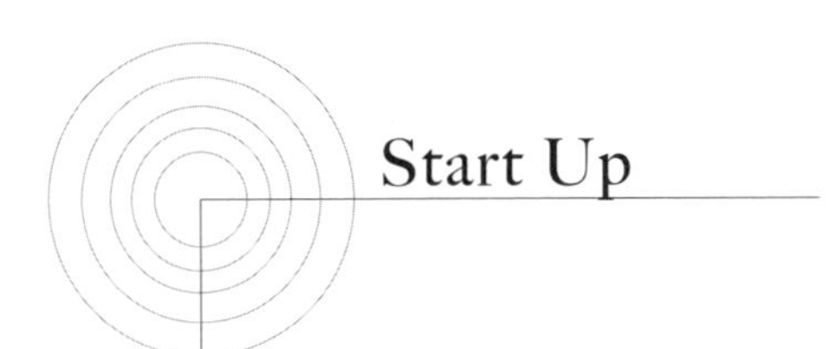

Start Up

1. 哪些事情的發生，使我開始失去對神的熱情？

2. 對神說出你裡頭的想法與感受。

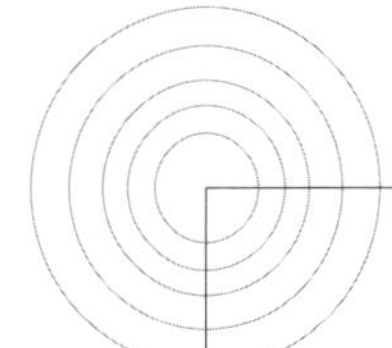

Start Up

3. 問問神：在這些事情上，祢在其中嗎？

4. 祢是如何透過這些事情愛我的？

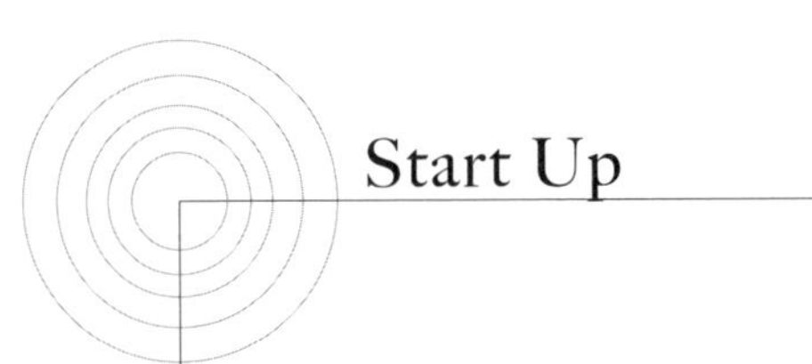

Start Up

5. 領受一句天父要對我說的話並宣告出來。

Day 1 眼目注視祂

「住在至高者隱密處的，必住在全能者的蔭下。」
詩篇九十一：1

本周的一開始，求神帶領我們從詩篇第九十一篇來思想祂對我們的愛，並且要操練「專心愛主」。

第1節裡說到的「隱密處」，其實與雅歌書裡所講的：「王帶我進了內室」（雅歌書一：4）裡的「內室」是同樣的字，這意謂著我們需要常常進入內室，與愛我們的神相遇。在忙碌的生活中，要如何能夠常常在內室裡與神相親呢？詩篇第九十一篇中，詩人說出心裡極大的渴望，就是「住在至高者的隱密處」裡，當你我開始學習「專心愛祂」時，就能常常經歷到這內室的美好。

什麼是「專心」呢？在第一誡命裡提到，我們要盡心、盡性、盡意愛主我們的神（參考，馬太福音二十二：37），「專心」就好比現在你渴了，因此就會迫切想要找到水源去取水喝，心裡會出現極迫切的「想要」。而「專心」，就如同這樣，你的眼目和心思意念迫切的只想要鎖定一個目標上，而「專心愛神」，就是讓你心裡迫切想追求的那個目標鎖定在耶穌基督上！當你目標對了，便會常常充滿能力。家人們，如果沒有直接被神的愛開啟，「愛」就只是在腦袋裡徒長知識，無法連結於心。神觸摸、回應我們的方式有很多，可能並不是你原先所期待的。然而要記得我們若能領受祂的愛，其實不需要你為祂做什麼，祂只希望你時時定睛在祂身上，就是「專心愛祂」！

詩篇第九十一篇裡說，當我們專心愛神，祂就要搭救我們；當我們求告祂，祂就應允我們；當我們知道祂的名，祂就要把我們安置在高處；當你我在急難中，祂也應許要與我們同在，要搭救我們，使我們尊貴。（見，詩篇九十一：14-15）

上帝只要我們專心愛祂，而動工的是祂自己。家人們，你渴望神在你生命當中施行奇妙嗎？需要先歇了自己的工作，讓神親自用祂的同在來覆庇、充滿你。邀請你現在就來思考，此刻你的心思意念是否有迫切的想要什麼？有哪些人事物造成你無法專心愛祂？當我們願意真實的放手，轉向來專心愛祂，就能更深經歷祂的愛。讓我們來禱告，使我們的眼目能夠對焦於祂，並且真知道在專心愛祂時，上帝答應要與我們同在，祂要搭救我們，祂要使我們尊貴。

為自己禱告

主耶穌，我歡迎祢，我需要祢！
我常常失去對祢的渴慕，在許多事上沒有定睛在祢身上，求聖靈帶領我能夠更深明白耶穌如何愛我。現在就用祢的同在來證明，降下忌邪的烈焰燒著我，讓我更深地被祢的愛得著。
讓我再一次來到祢面前說：我愛祢，更深知祢也愛我，就足夠了！我愛祢，祢也愛我，這一生就已足夠。求主向我彰顯祢的愛情，讓我們更深的回到祢面前，專心愛祢。
求主向我顯明祢的愛，彰顯祢對我所懷的意念，讓我真實的渴望祢，幫助我能夠專心，更深經歷、認識祢奇妙的愛情。謝謝祢的同在！
奉主耶穌基督的名禱告，阿們！

Day 2 小事裡的愛

「神說：因為他專心愛我，我就要搭救他；因為他知道我的名，我要把他安置在高處。他若求告我，我就應允他；他在急難中，我要與他同在；我要搭救他，使他尊貴。」
詩篇九十一：14-15

今天，讓我們單單來愛祂，甚至要回到那起初的愛。

其實很多時候，我們好像並沒有那麼愛祂，當繁瑣事務圍繞身邊，耶穌彷彿就不再是首要和唯一，然而，若是要靠著自己的力量不斷的提醒來愛神，更不是容易的事！

不知道你是否也有這樣的經驗？常常在我開車到教會服事時，每到路口遇到的都是綠燈，讓我可以暢通無阻的一路開到教會，這種情形甚至曾經連續好幾周都發生。感謝主！在我們愛祂、事奉神時，祂就透過萬事來祝福我們。在生活裡，你能否找出祂愛你、祝福你的事物呢？無論大事或小事，凡祂為我們所做的，都值得為此感謝。若是我們的心沒有在神的同在裡，沒有在生活瑣事裡去觀察上帝奇妙的作為，其實很難發現祂是如此愛我們的神。無時無刻，當我們把心歸給祂，就會立時經歷祂的同在，這常常也是我最興奮的事情。

詩篇第九十一篇第 14、15 節，是神對我們的應許，也是祂對我們的愛，當我們的眼目專心愛祂，祂就要搭救我們。家人們，你我正在經歷一條向來沒有人走過的路，你內心的感受並不是每個人都能理解，但是當你讓自己開始學習在生活瑣事裡都能看見上帝奇妙作為時，你會發現祂對你的心無所不知，而祂更急於向你表達祂那無所不在的愛。我們需要常常回到喜樂的神面前，這是站在祂的計畫裡禱告的日子。現在，給自己幾秒鐘時間，想一想過去一周裡，有沒有哪一件生活中的瑣事，讓你經歷到上帝奇妙的恩典，現在就開始為這件事情來感恩。

為自己禱告

我主我的神，感謝祢、讚美祢！
我要為著＿＿＿＿＿＿＿＿＿＿＿＿＿＿＿＿
（生活裡的一件瑣事）來謝謝祢，
因為在這裡，我看見祢對我的愛，
謝謝祢在我生命中的大小事裡，
讓我感受到祢無所不在的愛！
祢是我的王，
謝謝祢透過我生活中的一切，
讓我知道祢是如此愛我，
我要再一次說：我也愛祢，
在這時候，我的心因著這彼此之間的愛，
感受到滿足與喜樂。
求祢與我同在，
讓我能更深飽嚐祢的愛！
我要單單稱頌祢，
主耶穌，謝謝祢、讚美祢，
我愛祢，謝謝祢的同在！
（更多用自己的話語，來陳述心中對祂的感謝和愛）

Day 3 神為你預備

「如經上所記：神為愛祂的人所預備的是眼睛未曾看見，耳朵未曾聽見，人心也未曾想到的。」
哥林多前書二：9

經文裡提到「神為愛祂的人所預備的」是什麼？是「眼睛未曾看見，耳朵未曾聽見，人心也未曾想到的」。家人們，神為愛祂的人所預備的，是超乎他所求所想的。

在大衛專心愛神的日子裡，就算被掃羅所追殺、在亞杜蘭洞逃亡，神都為他預備一切；即便面對生命裡的恐慌與危機，他愛神的心都絲毫不減。大衛被追殺了十三年多，不曾偏離神的心意，就算面對死亡也不會改變的心志，這就是他對上帝的愛！

家人們，這位愛你的神，對你的愛也始終不離不棄。邀請你先來思想，在面對什麼樣的危機與風浪時，你會感到恐慌？然而你需要記得這件事：專心愛祂，祂就必要搭救！無論面對任何環境與危機，祂為愛祂的人預備了超乎所求所想的事。

本周我們談到了「專心愛主」。我想說，那就如同情人相見一般，眼對眼、心對心，眼神有如電流般互通！但願你此刻就被神電到，祂要用祂的愛，那愛的膏抹與同在，現在就臨到你！邀請你按手在自己心上，來對神說：「神啊！讓我的眼目離不開祢！讓我專心愛祢，並且感受到祢對我的愛，我的心就滿足了。」

當你禱告願自己更多愛主時，我求神的愛如同電流般觸摸你，讓你的身心靈都能感受到祂的愛，並且清楚明白，你已經被神愛到了！祂的同在會挪去你肩頸的重擔，甚至開始感受到那愛的熱流不斷沖擊你心。我們並非只追求一時表象的感覺或外顯的現象，而是神要讓你走進超自然的經歷裡，以祂的同在來證明，祂何等想要回應你專心的愛，我禱告主的同在持續在你我的生活中，讓我們都能更深經歷到祂的愛。

為自己禱告

主耶穌，我靈魂的愛人，願祢更厲害的吸引我！
不論遇到任何風浪，祢都要成為我心中的唯一。
奉主耶穌基督的名，命令造成我與神之間的一切攔阻，現在就要完全離開！
我主我的神，願耶穌基督大能的寶血全然潔淨我的心思意念，
奉主名命令那奪走我專注於祢的一切意念：
包括煩躁、擔心、過度責任感等等，
都要完全離開我！
奉主名命令一切的沉睡要完全甦醒過來！
求祢把甦醒的靈風、復活的氣息，再次吹進我的生命裡。
我主我的神，再一次吸引我的眼目，
讓我快跑跟隨祢，讓我快跑跟隨祢。
不讓我被這世界的王弄瞎，不讓我被這世界所吞吃，
求祢更厲害的吸引，讓我專心的快跑跟隨祢！
謝謝祢的同在，謝謝祢的同在。
（今天給自己更多一些時間，安靜領受祂所為你預備的愛）

Day 4 愛永不離開

「愛情，眾水不能熄滅， 大水也不能淹沒。」
雅歌書八：7a

今天想要特別為有以下景況的你禱告。

- 對「專心」這件事感覺有困難的你：甚至要安靜下來都很不容易。
- 對「愛神」這件事感覺進入日常公式的你：你覺得自己好像只停留在宗教的行為，覺得自己可以開口、可以禱告，但心卻已經遠離了神。
- 對生活失去熱情、感覺生命無法突破的你：你知道神愛你，但自己的心卻無法被神的愛融化；你覺得要在工作中十分努力，耽心一旦做不好就會被淘汰；或你的生命始終無法經歷突破。

我要為你禱告，求神幫助你脫離這樣的景況，也要記得祂的應許：當我們專心愛祂，祂不但會搭救我們，也必會為我們預備。

神帶領每個人與祂面見的方式都不同，不用希望別人跟你一樣，也不用總期望自己和別人相同。很多人常問我說：「牧師啊，你是如何看見神的？你是如何領受的？我好羨慕，希望可以和你一樣。」然而，我想讓你知道，真的不需要羨慕誰，重要的是開始學習專心愛神，這一生，祂就樂意將這天上的資源傾倒予你，祂也樂意將那屬天的第一手訊息、祂心中所想的一切都告訴你。

「專心愛神」，需要先憑著信心；並非是要有什麼特殊的感覺或感動才叫作「愛祂」，神往往在人最艱難的時刻造訪我們，憑著信心與祂同行，神也迫切的期盼能讓你看見祂對你的愛。

若此刻的你始終無法「專心」，鼓勵你要先來留意，到底是什麼震動你的心？以至於你無法安靜，甚至忽略了祂的同在。

求神幫助我們，當我們感受不到祂同在時，依然能有信心。要知道祂話語何等信實，祂不撇棄我們為孤兒，祂也是以信實恩待我們的神，祂以厚恩來恩待我們。經文裡告訴我們：祂對我們的愛情，是任何事物都無法改變的，「愛情，眾水不能熄滅， 大水也不能淹沒」。

為自己禱告

我主我的神，感謝祢、讚美祢。
奉主名命令一切在我心中的壓制、
肩頭一切的重擔要完全地離開！
感謝祢、讚美祢，願祢更深的愛臨到我，
幫助我不要讓信仰變得如同日常公式一般，
我要成為祢寶愛的新婦，
能夠摸著祢的心，我的心也要全然歸向祢。
求祢把「竭力」製作在我裡面，
讓我能夠更深的愛祢。
我主我的神，願我能嚐盡祢愛情的美好，
真實感受到祢話語所說的：
「眾水不能熄滅，大水不能淹沒」的愛情。
我主我的神，感謝祢、讚美祢！

Day 5 得勝的應許

「忍受試探的人是有福的，因為他經過試驗以後，必得生命的冠冕，這是主應許給那些愛祂之人的。」
雅各書一：12

家人們，當我們專心愛祂時，將可以勝過這一切的試探與試煉，重要的是，「這是主應許給那些愛祂之人的」。

雅各在這裡勉勵所有神的兒女，想要勝過試探，在於我們緊緊抓住神，把自己和神緊緊相連。家人們，「試煉」與「試探」在原文裡是同一字根，如果你常常專心愛神，所注視的都是祂，你立刻就能經過試煉、勝過試探，得著這生命的冠冕，因為你有愛祂的經驗。所以我要鼓勵你，「專心愛祂」這件事是我們要真實和神有美好的相遇，以至於可以常常與神的心相連，這不只是嘴巴說說而已。很多人此時正在試探裡，而「內在的試探」，其實不是來自於神，也不是來自撒旦，而是來自我們自己的私慾。

家人們，不是什麼事情都推給撒旦魔鬼，我們必須要負起當負的責任。就如同使用網路，唯有常常上線和榮耀的君王連結，才能輕易獲得勝過試探的力量，勝過撒旦魔鬼的詭計，也勝過你裡面的私慾。

特別要提到關於性方面的私慾，若是在性方面有情慾或上癮行為，包括觀看色情影片在內，我鼓勵你今天一定要禱告求神把愛祂的心志賜給你，再次將自己單單歸給祂。求神把「勝過試探」的心志賜下，使我們能與神有美好的相遇。家人們，我們專心愛祂，就可以與祂相遇。求神把與祂更深的相遇臨到我們的生命裡，好叫我們可以勝過一切的試探與試煉。

持續為自己禱告。這個世界會弄瞎我們的眼睛，世界的王一直在尋找我們生命當中的任何把柄；所以只要在你心裡對於那不討神喜悅的事情有十分想去做的慾望與念頭時，告訴自己要立刻停止下來，甚至讓自己逃離那個會促使你持續往下思想的環境，要知道從你決定離開那引誘你犯罪的現場時，你就已經得勝了。

求神把「得勝者」的生命！臨到我們當中，再次宣告：我們要走進「得勝者」的行列。

為自己禱告

主神！再次將我自己全然交還在祢手中。
求祢幫助我常常能有得勝的經驗，當我專心愛祢時，幫助我不在這世界裡打轉，也不再靠著魂來行事，求祢吸引我的眼目，讓我轉眼向祢。當我專心愛祢時，讓我的心可以全然被祢滿足，以至能勝過一切從情慾來的網羅，勝過一切從性裡來的試探。
神啊，祢應許要搭救我，讓我常常在愛裡和祢相遇。在生活的點點滴滴裡，讓我更深的信任祢，讓我更多的愛祢。
因為祢已經得勝了，而且勝了又勝，求祢把得勝的生命製作在我裡面，讓我更深看見祢奇妙的作為。耶穌啊！幫助我！讓我不被疾病勝過，不被情感勝過，不被關係勝過，更不被財務勝過！讓我這一生專心愛祢，走進祢得勝者的行列！
我主我的神，謝謝祢、讚美祢！

Day 6 愛祂的話語

「但那遵守神的道的人，他對神的愛就達到完全。
那說他有神的生命的，應該照耶穌基督的言行生活；
這樣，我們才有把握說，我們有祂的生命。」
約翰壹書二：5-6（現代中文譯本）

家人們，要讓自己能夠專心、時時將心歸給神，開始勤讀神的話便是重要的第一步。透過神的話語，我們可以聽見、看見許多上帝奇妙的作為。

許多人常常容易偏重禱告而不讀經，或是偏重讀經卻不禱告，而偏重哪一方都不是正確的。讓我們來求神挖深你我對神話語的胃口，並且要持續擴張，這也會讓我們更渴慕能與祂相遇。

在約翰壹書第二章裡提到「認識」這個字，其實具備了「同房」的概念。我們透過讀神的話，認識祂是怎樣的神、祂的形式與作風又是如何，也因此能更深的與祂親近，甚至能知道自己其實也奪了神的心，祂是如此愛我們。

也許你至今還沒有讀完一遍聖經，千萬不要氣餒，要持續讀下去；也許你讀神話語時，讀過後就忘記了，也不要因此氣餒，因為到需要的時候，神一定會讓你想起來。儘管我被呼召成為牧師，但也不能說自己能夠理解或記得起來所有的經文，這是我一生都要持續學習的事。求神挖深我們對祂的渴慕 ，也開啟我們能夠更了解祂話語的奧祕。

在聆聽、了解神的話語時，我們裡面的態度和信念系統是十分重要的。也許你正在往屬神的方向走去，但仇敵撒旦卻會一直在你耳邊控告，甚至會數落你毫無價值，企圖引你走向不屬神、不討祂喜悅的道路。如果你正落在這樣的光景裡，甚至常常控告自己，常常聽見那不討神喜悅的聲音，邀請你現在就按手在自己的眼睛和耳朵，禱告求神挪走一切的負面思想，保留你心中對祂單純的愛，並且再次將自己單單歸給祂。

我感覺到有些家人在你的公司或工作裡，遇見不討神喜悅的行事與做法，甚至違背了神的律，以至於在工作中感覺無助；甚至於你有時也會想到是否要同流合污，日子才會比較好過。

家人們，若這是你，我要告訴你，你是屬神的人，因為你愛主，所以裡面才會有掙扎。這是正常的，因為聖靈在我們裡面，祂要我們為罪、為義、為審判，自己責備自己。所以經文裡提到「但那遵守神的道的人，他對神的愛就達到完全。」你如何知道自己對神的愛能達到完全？就是遵守神的道，遵守祂的律，當你如此行，就會看見神接下來如何為你打開豐盛之門，讓你更深經歷祂對你的愛。

為自己禱告

主耶穌基督，祢就是我眼中的唯一，求祢讓我的眼目常常定睛在祢身上，把鴿子眼賜給我，讓我專心愛祢。我要命令那一切攔阻我來到祢施恩座前的，那讓我總靠著自己力量的，奉拿撒勒人耶穌基督的名，命令這黑暗權勢完全離開！求主再次潔淨我的眼睛、耳朵，讓我只看見祢所看的，只聽見祢所聽的。奉耶穌基督的名，命令那攔阻我會讓祢更親密的一切，現在、立刻完全的從我生命中離開！

幫助我更深愛上祢的話語，藉著祢的話語來轉換我的心思意念，藉著祢的話語，讓我更深明白祢的愛，更深經歷祢奇妙的作為。求祢賜下所羅門的智慧在我的生命當中，好叫我在讀祢話語時，常常被主聖靈開啟那話語的奧祕，好叫我更深明白祢的心意，讓我渴望能常活在祢話語裡，祢總以祢的話語來與我相親，也讓我更多被祢的話語來摸著。我主我的神，感謝祢、讚美祢。

為在工作中面對試探的禱告

我主我的神，我感謝祢、讚美祢！在工作裡，我面臨到很多的挑戰與掙扎，求主把遵守祢話語的心志賜給我，奉耶穌基督的名，命令一切的混亂要從我的心思意念裡離開！為我戴上救恩的頭盔，保守我的心思意念，讓我更深的來歸給祢。

讓我的眼目一直注視祢的榮美，讓那得勝的、屬祢的性情都要製作在我的生命當中，好叫我常常有得勝的經驗，常常能看見每當我順服在祢的話語裡，就能經歷祢的豐盛臨到！

我主我的神，我感謝祢、讚美祢！

Day 7 愛神與愛人

「人若說『我愛神』，卻恨他的弟兄，就是說謊話的；不愛他所看見的弟兄，就不能愛沒有看見的神。愛神的，也當愛弟兄，這是我們從神所受的命令。」
約翰壹書四：21

使徒老約翰在這節經文裡告訴我們，如果嘴巴說著「我愛神」，心裡卻可能在恨著你周圍的人，這就是「說謊」，也意謂著你生命當中無法經歷到真自由。「饒恕」是神要釋放我們開始進到自由，無法饒恕，就如同心裡緊緊綁住的死結，無法讓我們經歷釋放。

家人們，「愛神」與「愛人」之間是密切相關的。而這更是「我們從神所受的命令」。既然這是「命令」，就如同「愛」是一切律法和先知的總綱（見，馬太福音二十二：40），「愛的總綱」意謂著讓我們開始學習愛祂，而因著被祂的愛所擴張，我們也開始可以愛人。神要在今天做奇妙的工作，讓我們因著擁有從神而來的愛的確據，也可以讓我們對於那難以愛的人，也能夠去愛他。

所謂的「冒犯」常常是在不經意之間就發生的事，然而若總把冒犯我們的人與事放在心裡，日子真的不用過了。軟弱的人無法靠著自己得勝，惟有靠著神，我們才能誇勝，因為神應許要在我們的軟弱裡顯為剛強。

家人們，神要幫助我們！讓我們專心愛祂，祂就搭救我們，叫我們穩行在高處。在這周的最後一天裡，讓我們好好學習「愛神」，以至於能夠「愛人」。事實上，如果你無法愛人，就沒有辦法愛神了；人是按照祂的樣式所造，所以你若討厭那人，就是討厭神了。

「饒恕」不是件容易的事，常常腦袋裡知道，但心裡卻總過不去，原來從腦袋到心之間還存在著一大段的距離。我想邀請你回到神面前來祝福那位無法饒恕的人，直到你裡面的理性與情感開始合一為止。「饒恕」是神要釋放我們得著自由，這是因著神的愛，並不是為了誰的利益。過去，我們也有許多罪，耶穌不也饒恕了你我？聖經裡說：「沒有義人，連一個也沒有。」（羅馬書三：10b）這告訴我們，每一個人都是蒙恩的罪人，當我們從神得贖、得饒恕，也要開始學習去饒恕人。

若是你心中還有無法饒恕的人，我要求神把饒恕的心志和靈賜給你，讓你可以順服神所量下的環境，忘記過去的成功與失敗，忘記一切從人而來的傷害，讓你更深享受到神的愛。

我要再說，我們愛是因為神先愛我們，當我們經歷到被神所愛時，才有能力可以去愛人。現在就開始向神說：我們要愛祂。求神幫助我們更深愛祂、經歷祂，好讓我們得以領受真自由。

為自己禱告

阿爸父，謝謝祢把愛子耶穌基督賜給我們，藉著祂把我們圈回天父的家中，因著耶穌所流的寶血，使我們一切的罪得蒙赦免。

求祢讓我更深明白祢的愛，讓我因著這份愛，可以去愛更多的人。主耶穌！求祢讓那攔阻我擁抱自由，在我心中那無法饒恕、始終在心中盤旋著過去傷害我的人事物，都要奉主的名命令他完全離開！一切折磨、愁苦要完全離開！

求祢幫助我在學習愛祢時，可以定睛在祢身上，把順服的心志賜給我，讓我能順服祢所量的環境，讓我更深的愛祢。

祢說饒恕人要饒恕七十個七次，若是我好不容易原諒了這個人，但傷害又再次來到時，求祢幫助我仍然可以祝福他；每當我開口祝福，我就走進祢所賜的真自由裡，求祢讓我在這件事上，能夠摸著祢的心意。我主我的神，感謝祢、讚美祢！

留下你想和神說的話：

Week 5

知足

然而，敬虔加上知足的心便是大利了。

提摩太前書六：6

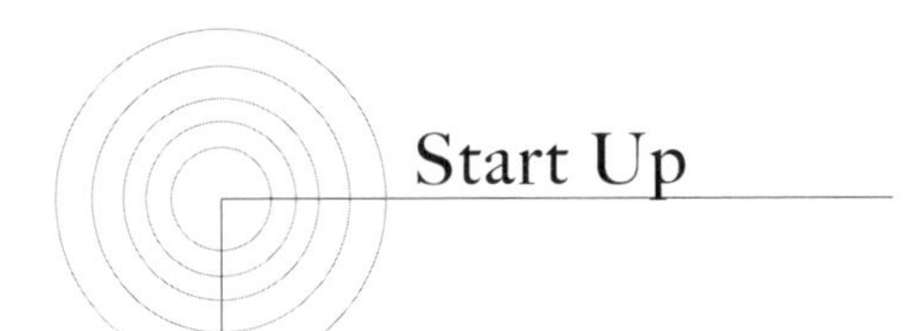

Start Up

1. 這周中哪些事情容易使我的情緒起伏很大？

2. 在這些事情中，什麼原因讓我容易受影響？

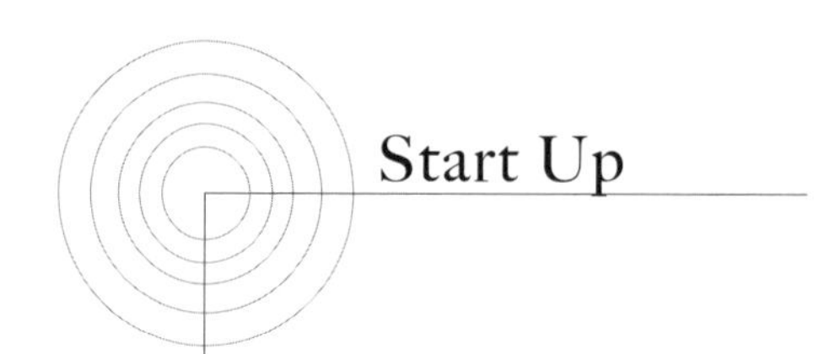

Start Up

3. 問問神，為什麼我會受影響？

4. 領受一句天父要對我說的話並宣告出來。

Day 1 使我靈甦醒

「你們要先求祂的國和祂的義，這些東西都要加給你們了。」
馬太福音六：33

諺語裡說到「光陰似箭」，日子正是如此飛快的前進，而在如箭般的速度裡，感恩的是我們能夠常常回轉向神，並且能在回顧時，發現自己生命的得勝，以及因著領受到上帝的愛，生命得以成長與提升。有些難以去愛的人，因著神的愛在我們心裡帶來的滿足，使我們有力量可以開始學習去愛他。

在追求神的過程當中，很重要的就是你我的信念系統。之所以要讀神的話，最重要的就是改變價值，改變我們屬土的性情。神的話應許我們：當我們先求神的國和神的義，凡我們所需要的一切，祂都要加添給我們。

家人們，神的心意是要我們能夠活過來，當神造亞當，並向著他吹氣時，他就成為有靈的活人；所以，神的兒女，你的靈要甦醒，不要再過著如同活死人的日子，要讓神的靈——祂那復活的氣息與大能持續吹進你的生命中。在我們當中有些人，你在面對「責任」這件事情時，已經出現了過度的反應。在靠著聖靈所要結出的品格果子裡（參考，加拉太書五：22），我個人覺得最難的是「節制」。所謂關係裡的界線，就是「節制」，神要我們在愛人的過程當中設立界線，當我們內心對人有過度的責任感時，眼目就會一直停留在所關注的人身上，以至於無法專心愛祂——主耶穌，而我們也無法經歷到因著專心愛祂，祂就來搭救我們的祝福。

現在就按手在自己的心上，求神把復活的氣息吹進你的生命裡，吹走一切的下沉與邪情私慾，更深經歷到如同約翰福音第十五章裡所說的：我們常在祂裡面，祂也常在我們裡面（參考，約翰福音十五：4-7)，讓你我的生命可以常常經歷到神的愛；也求神吹走這一切過度的責任感！或者有家人過度的責任感是從原生家庭而來，在很小時候就開始要去扛負一家人的情緒重擔，奉主的名要釋放這一切！命令一切過度的責任感，要完全離開我們的生命當中！

為自己禱告

主耶穌基督，歡迎祢大步行走在我的生命當中，
求祢將這復活的氣息吹進！
奉主名宣告我的生命要領受到這復活的氣息，好叫我的靈活過來，好叫我心裡的力量剛強起來。
當復活的氣息全然吹進我的生命裡，求主吹走在我心裡一切心裡那過度的責任感。主聖靈啊！我們向祢呼求，願聖靈的大風吹起，持續吹進我們的生命當中。
求主在施恩座前釋放那有聰明和智慧的靈、謀略和能力的靈、知識和敬畏耶和華的靈在我的生命當中，奪走我一切不討祢喜悅的眼目，讓我們專心愛祢，讓我們穩行在高處。
謝謝祢的同在！
奉耶穌基督的名禱告，阿們！

Day 2 敬虔與知足

「然而，敬虔加上知足的心便是大利了。」
提摩太前書六：6

這周裡，神把「知足」兩個字賜給我們。「知足」可以讓我們經歷喜樂，如同人常說的「知足常樂」。那麼要如何才能知足？在提摩太前書第六章第 6 節裡，保羅提到：敬虔再加上知足，就能讓我們經歷「大利」。

「敬虔」，指的是在我們內裡和祂的關係；這也提醒了我們思想自己的內在能否和神更深的相遇？是否能與祂進入更深、更美好的關係？很多時刻，我們的外在可以表現得很敬虔，但同時也可能會如同以賽亞先知所說：我們的心卻遠離了祂（參考，以賽亞書二十九：13）。你覺得自己現在和神的關係如何呢？

「敬虔」的功課，是我們一生都要學習的。舉凡那不討神喜悅的心思意念一出現，就立刻起來交還給祂，當你知道自己的想法已不討神喜悅，甚至你的口會莫名其妙的一直嘀咕、重複的抱怨，鼓勵你立刻停止，將心思意念交還給神，你將會開始經歷蒙福。

「知足」，則意謂著我們因著愛祂，內心也被神的愛佔滿，將開始擁有滿足的喜樂，你的心也會莫名其妙的喜樂起來。當人的內裡感到知足，即便在物質、財務裡有所缺乏，但心中卻是一無所缺，因著真知道愛你的耶穌，已為你釘在十字架上，不但為你死，也為你而活，並且祂那復活的氣息吹進你裡面，讓你的生命可以進入「大利」。

因此若要進入「**大利**」，重要的是要從裡面開始懂得「知足」。常常一不留意時，你和神的關係就不再親近。這世界的王一直想要弄瞎我們的心眼，唯有讓我們這顆心被神的愛全然澆灌、充滿，因著被愛有滿足的喜樂，使我們得以學習「知足」。

求聖靈幫助我們更敏感於神的同在，帶領我們更深去經歷到祂奇妙的作為，讓我們能體貼父的心腸，並且擁有敬虔、知足的心。讓我們開口讚美祂，為著生命感謝祂，也為著過去日子裡，你能夠讓自己的生命持續專注於祂來感恩。

為自己禱告

求主持續幫助我！
很多時刻，我真的被這世上一切的愁苦所刺透、刺傷了，
願祢更深的愛再來恢復我，更厲害的吸引我，
好叫我快跑跟隨祢！
求祢更深的愛臨到我的生命當中，
讓我能夠更深的認識祢。
我向祢禱告，願那啟示與智慧的靈充滿我，
讓我裡面能夠知足且常樂。
求主持續讓我與祢能有美好的相遇，
讓我能走進「大利」裡，
奉主的名宣告，這是我經歷「大利」的日子！
讓我開始知足，並且在生活當中看見無比大的豐收！
奉主名宣告，這是因知足而開始進入豐盛的時候，
讓我走在街上都能莫名其妙的喜樂起來；
幫助我不要進入這世界的愁苦或陷在今生的追求，
讓我們更羨慕那永恆的家鄉。
謝謝祢、讚美祢！

Day 3 合一的喜樂

「向來你們沒有奉我的名求甚麼，如今你們求就必得著，叫你們的喜樂可以滿足。」
約翰福音十六：24

人的心常常在情感無法滿足時，就會想要在人群裡尋找依靠，期待著能夠被了解，卻往往因著對人有太多的期待而受傷。然而相信神、認識耶穌的人，卻擁有一個恩典，就是可以把對情感的期待，單單交付給永恆不變的主。

約翰福音第十六章第 24 節是在耶穌復活以後，祂給予門徒的應許：凡向神「求」，就可以經歷「得著」。為什麼我們求，就可以得著？因為復活基督的靈住在我們裡面，就如同約翰福音第十五章裡提到的「合一」（參考，約翰福音十五：4）。經文講到「叫你們的喜樂可以滿足」，「滿足」就是與主連接、合而為一，與祂合一，你的心就可以滿足，若要進入滿足的喜樂，最重要的是要讓自己住在基督裡，並且奉耶穌的名來禱告及與祂連結。

或者有些家人會覺得自己無法住在基督裡，每每想要安靜下來，裡面就充滿雜念與混亂，甚至感覺到與神的關係愈來愈遠。當保羅被囚禁時，仍然能夠說出：「要常常喜樂」（腓立比書四：4），是因為保羅住在基督裡，他因著與神連結而能夠喜樂。

家人們，經文裡講到：「向來你們沒有奉我的名求甚麼，如今你們求就必得著」，你裡面渴望呼求就必得著嗎？這和你是否知道自己是神的兒子有關。當你站在神兒子的位份裡，就會擁有不一樣的眼光，因為你的父，是創造萬有的主！

以弗所書第二章第6節裡提到「祂又叫我們與基督耶穌一同復活，一同坐在天上」。這是你禱告的基礎，當你知道自己是神的兒子，就可以經歷突破，趕出一切邪靈污鬼，當你知道自己的身份，就可以命令一切疾病、疼痛完全離開！神復活的生命必要臨到。

我要奉主的名來宣告，不論生活上的任何大小事，每位家人的生命都要經歷那滿足的喜樂。求主幫助我們能有呼求的能力，在向神求時能滿足祂的心意，就能在神的時間與時機相遇時，看見神蹟奇事發生在我們當中。求神把智慧賜給我們。

為自己禱告

我主我的神，感謝、讚美祢！奉耶穌基督的名，命令這一切沮喪、下沉，一切攔阻我與祢關係的混亂要完全離開！求主聖靈以愛的觸摸與同在來證明，帶領我能與主耶穌、與阿爸父有更深的連結與合一，讓我能常常與祢相遇，與祢有更美好的相交，讓我上達祢那裡，每天、無時無刻的眼目都不離開祢，這是我的渴慕。

求主帶領我知道當如何禱告，如何能浸泡到更深的禱告旅程。願祢讓我真知道祢做事的法則。每一次開口呼求祢，祢答應給我們的應許就要臨到，就要急速的臨到，因為祢是不打盹、不睡覺的神，祢是不誤事、不誤時的神！

奉耶穌基督的名宣告：「我呼求祢，祢就應允我」！我主我的神，我感謝祢、讚美祢，帶領我進入到滿足的喜樂裡，奉主耶穌的名禱告，阿們！

Day 4 生命的道路

「祢必將生命的道路指示我。在祢面前有滿足的喜樂；在祢右手中有永遠的福樂。」
詩篇十六：11

詩篇第十六篇是大衛所寫的金詩。所謂「金詩」，就是在他最無助時，湧出那向神所述說、所宣告的詩句，而這正是信心的開始。詩篇第十六篇也是一首信心之歌。此時的大衛正面對死亡的威脅，然而他卻相信自己的生命在神手中。

大衛在詩裡提到：在耶和華面前，他能有滿足的喜樂，而耶和華的右手，讓他能有永遠的福樂，這裡講到的「右邊」或「右手」，都代表著「權柄」和「貴重」的意思。當耶穌成為我們的權柄，神成為我們的力量與盼望，成為我們裡面所看重的那一位時，神必定會在你面對困境極度無能為力的時候介入！正如大衛在亞杜蘭洞面對著何等兇險的追殺，然而在神面前，他卻擁有滿足的喜樂。

還記得上周我們讀到詩篇第九十一篇第 14 節：「神說：因為他專心愛我，我就要搭救他」。當我們專心愛祂，祂就搭救我們，祂要讓我們穩行在高處，這就是大衛心裡為什麼能在面對風浪時仍然能滿足，因為他專心愛著祂。

家人們！也許此刻的你，也正面對著生命裡的風浪，有著如同大衛一樣的際遇；但我也邀請你和大衛有著一樣的心志，讓你的眼目始終都定睛在這位永遠看顧、搭救你的神。神已將生命的道路指示我們。祂藉著現今的環境來指示，好讓你能藉此更懂得祂、更愛祂。

鼓勵你能夠將詩篇第十六篇第 11 節牢記在心裡，並且常常宣告：神必將生命的道路指示我，在神面前，我有滿足的喜樂，在神右手中，我有永遠的福樂。我要奉耶穌的名祝福你，藉著你所宣告的這一切，讓你真實進入到滿足的喜樂。

為自己禱告

我主我的神，我感謝祢、讚美祢！
求主幫助我的裡面能夠擁有「滿足」的心，因為真實信靠祢，並且真知道所投靠的是誰，真知道那在前引導、引路的就是祢，求祢持續帶領我能更深認識祢的作為，常常順服祢所量的環境。
大衛如何在祢面前有滿足的喜樂，如何看到在祢右手中有永遠的福樂，這就是我的呼求，幫助我能因祢而有滿足的喜樂、永遠的福樂！我禱告那喜樂的靈要破除一切的沮喪，趕除一切死亡的權勢。
求主讓我的心全然交還給祢，我的心默默無聲，專等候祢，讓我們的心默默無聲，專等候祢！願祢的同在如同愛的波浪洪濤，一波又一波的淹沒我，幫助我甩掉裡面那想要依靠自己的心，無論在如何的環境中，都相信祢必將這生命的道路指示我，因為祢要帶領我進入滿足的喜樂裡。
我主我的神，感謝祢、讚美祢。

Day 5 家庭的滿足

「然而，敬虔加上知足的心便是大利了。」
提摩太前書六：6

家庭是訓練我們品格的地方，因此，在面對家人時，也更能幫助我們與主連結得更深。我常常說，人生裡的「高招」，就是當你面對被冒犯時，在你裡面還能擁有滿足的喜樂，真實擁有不能震動的國。求神幫助我們在面對如此親近卻又很容易感到被冒犯的家人關係裡，仍然可以擁有滿足的喜樂。

我想邀請你，若是你期望著和家人之間能進入滿足的喜樂，就要先將自己對家人的想法交還給神，甚至常常把裡面感覺沒有辦法勝過的一切事物，都先交還給神。

今天，我想邀請你思想一位家庭成員，並且開口為他祝福，在此同時，我也想邀請你為著他曾經為你所做過的事，來到神面前獻上感謝。無論是父母親、兄弟姐妹，或是你的孩子，都把他或她帶到神面前來感恩。在為家人祝福時，神必會將生命的道指示我們，所以我鼓勵大家要常常來到神面前為家人感恩與祝福。

再次叮嚀和提醒，家庭既是訓練我們內在生命中好品格的地方，因此當你感覺到被冒犯時，要常去思想這個人對你的好，並且學習著開始放下自己心中的不快，這正是幫助我們擁有滿足喜樂關係的開始。我們很常因著冒犯，就開始全盤否定對方，以至於會讓這個從「冒犯」而來的「否定」，將你我全然帶往負面方向去。求主轉換我們的心思意念。

當大環境愈來愈亂，靈界的爭戰也將愈來愈真實。許多憂慮與愁煩會開始找上你，然而不要忘記，神已將生命的道路指示你，所以再也不要以自己何等軟弱，或是誰曾經帶給你的傷害，成為阻撓你擁有滿足喜樂的藉口，要記得這位神，祂要成為你最好的朋友，也要成為你隨時的幫助。若是特別在家裡，你的情緒常常莫名其妙的高低起伏，要提醒自己隨時倚靠這位愛你、幫助你的神，好在你裡面能擁有真正的平安。

為家庭禱告

我主我的神，感謝、讚美祢！
在家裡對話語溝通時，常常讓我感到容易被冒犯，但我要把我的家人全然交還在祢施恩手中，求主走進我的家，成為我們家人的中保，願主聖靈常常提醒、帶領我能因著與主建立美好關係而進入滿足的喜樂，求主讓我能成為愛的大使、成為和平大使，在家庭裡生發出愛的能力來。
我感謝祢，特別要感謝我的＿＿＿＿＿＿＿＿（家庭成員的稱呼或姓名）曾經給我的祝福，他／她為我＿＿＿＿＿＿＿＿（他／她所做的事），感謝主讓我真知道他／她如何愛我，每次回到家，讓我就能為著他（她）為我所做的向主獻上感謝。
主，孩子向祢禱告，求祢在我們全家人的裡面製作滿足的喜樂，懇求施恩憐憫的主帶領我們進到恩典和恩福中。神啊！我要拿著祢所賞賜的禱告權柄，奉耶穌基督的名祝福我的家人，帶領我們都能夠心歡喜、靈快樂，肉身也要安然居住。
我主我的神，感謝祢、讚美祢！

Day 6 因著主耶穌

「這些事我已經對你們說了，是要叫我的喜樂存在你們心裡，並叫你們的喜樂可以滿足。」
約翰福音十五：11

在約翰福音第十五章一開始就講到：「你們要常在我裡面，我也常在你們裡面」（約翰福音十五：4），這正是葡萄樹和枝子的關係。

本周裡，神告訴我們要能夠擁有知足的心，於是就能擁有滿足的喜樂，我仍要提醒大家，這喜樂的泉源乃是從神而來！在第十五章第11節裡提到：「叫我的喜樂存在你們心裡」，你我可以喜樂，其實是因為耶穌基督的緣故。

然而約翰福音第十五章的背景，當時耶穌面臨的挑戰，正是祂已預知自己將走向十字架的道路，不久後，祂將面臨死亡以及從人而來的羞辱，這樣的感受應當十分黑暗與痛苦吧！將心比心來想，若是今天預知未來要上十字架受死的人是你我，不知道會是如何的心情？會不會半夜就想要逃跑了？

然而，耶穌來到世上是同時擁有神性與人性，祂真知道父要祂所做的事，所以儘管痛苦卻仍然甘心順服。因為祂知道，因著自己的受死，能夠為人類承擔所有的罪，對祂而言，有一件比追求生存更重要的事情，就是祂渴望讓人們能明白阿爸父的愛。

今天的我們能夠經歷到真自由與真喜樂的生命，乃是因為耶穌付上了極大的代價；我們可以喜樂、可以開始進入豐盛，正是因為耶穌為我們而死，並且戰勝死亡後復活，使我們也能擁有復活的生命。耶穌基督的愛，要讓我們進入完全滿足的喜樂中。讓我們再為著自己的生命來感謝神，每當面臨風浪、沮喪時，要常常提醒自己，你是耶穌重價買贖回來的，不該再隨波逐流、隨浪起舞，你要更深知道神對你的心意。求神幫助我們更深經歷到祂的愛，將自己單單歸給祂，並且為著可以領受救恩、領受喜樂來感謝祂。

家人們，耶穌來到這世上的目的，是要將父的心意表明出來，而神正在預備你我迎向命定，就是將我們所領受的喜樂傳遞出去，不單是自己喜樂，更要讓喜樂開始被傳送出去。神要我們成為喜樂的人，當人們看見你臉上所掛著的笑容，他們就能擁有開始改變的機會。讓我們的喜樂得以生發出神蹟奇事來，轉化屬靈的環境。

為自己禱告

阿爸父，我感謝、讚美祢！謝謝祢捨了獨生愛子——耶穌基督，讓我更深明白祢的愛；也謝謝主耶穌在十字架上為我所做的一切，每次都要想到我是何德何能，得以進到祢的恩寵、恩典裡呢？為此我都要感謝祢為我所做的一切。

很多事情的發生，我真的不能明白，但是我相信祢愛我的心不變，也相信祢不會撇棄我為孤兒。願祢的喜樂現在就充滿我，每當我的心轉向祢，就能經歷到祢的喜樂，就能看見祢極大的榮耀！

我主我的神，孩子要向祢呼求，願祢的喜樂充滿在孩子裡面！我渴望能踏上祢在我生命當中的計畫，渴望祢獨行奇事，幫助我能跨出去，並且成為那喜樂的泉源，因著連接上祢愛的泉源，我能夠常常喜樂，也因著我身上常帶著祢復活的生命，祢喜樂的泉源就從我腹中噴湧出能力，人們就能因此而認識了祢！

我主我的神，感謝祢、讚美祢！

Day 7 迎向主命定

「萬物的結局近了。所以，你們要謹慎自守，警醒禱告。」
彼得前書四：7

今天想要邀請大家一同來為教會祝福與禱告。福音的浪潮正席捲列國，然而在過去五、六年間，我一直在分享，全球將會進到虛擬世界的時空裡，在 Meta（元宇宙）或 5G 世代興起時，我們也同時面臨到許多爭戰和挑戰，而教會需要更多的預備。

在面臨虛擬世界的挑戰時，人的靈若不能轉向神，則容易進入混亂，情慾的網羅也愈來愈強，甚至走在路上都會出現莫名其妙的砍殺，這些都是仇敵的詭計。分享這些並非要讓大家緊張害怕，而是希望每一位神兒女都能夠成為守望者，在看見艱難或缺乏之處，更要起來祝福與禱告，求神帶領我們真知道如何面對虛擬世界所帶來的影響。

彼得前書第四章第 7 節提醒我們，接下來將會看到愈來愈多亂象，因此更要不停止的為教會守望，也要為服事同工、牧者們來禱告。

我們若不為牧者或同工禱告，他們身邊是很容易出現試探的。求神祝福教會並非進入企業管理的文化，乃是要進入天國的文化；唯有在教會成為家時，人心無助或疾病無藥可醫的景況裡，只要來到教會就能經歷心靈得安慰、疾病得醫治，而一切問題的答案都在於耶穌基督。

求神讓教會能有謹慎自守、警醒禱告的心志，興起禱告的火，讓教會祭壇上的火不歇息，也求神挪走我們屬於肉體的謀略、策略，不再總是跟隨世界的風向，乃是要藉著禱告來尋求神的面。

為自己禱告

我主我的神，謝謝祢帶領著教會，祢是教會的元帥！
奉主名祝福教會甦醒過來，將啟示、智慧的靈充滿教會，讓教會更深的認識祢、愛祢，求聖靈幫助教會甦醒過來。
求主赦免教會常常進入事工導向，甚至單顧自己的事，奉主名挪走教會裡一切從人意而來的文化，讓教會生發出從祢而來的愛，帶領教會進入祢的心意，奉主的名宣告教會要興起！教會要興起！
我也要為著教會的牧者禱告。求主把謹慎自守、警醒禱告的心志賜給牧者，讓牧者能更深明白祢的心意，更知道當如何行。求主賜給教會從祢而來的謀略、智慧，並且生發出神蹟奇事，幫助教會能更深回應祢的愛，願那復興禱告的靈火降下，燒著教會，讓教會全然歸祢！
奉主名祝福列國的教會，能藉著禱告尋求祢面，宣告列國教會要成為萬民禱告的殿，藉著禱告生發出神蹟奇事。
我主我的神，感謝祢，讚美祢！

留下你想和神說的話：

Week 6

跨出去

主的靈在我身上，
因為祂用膏膏我，
叫我傳福音給貧窮的人；
差遣我報告：
被擄的得釋放，瞎眼的得看見，
叫那受壓制的得自由，
報告神悅納人的禧年。

路加福音四：18-19

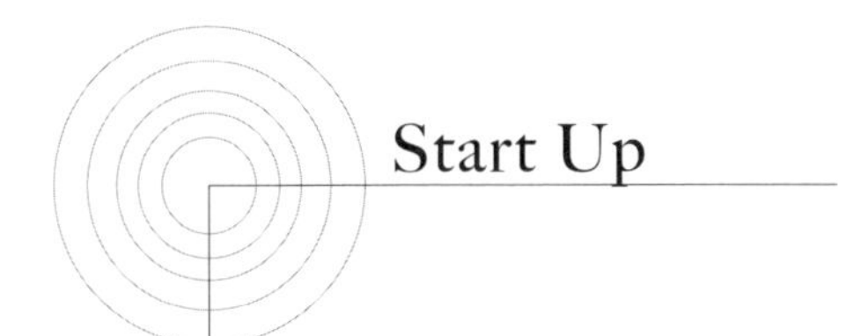

Start Up

1. 神，在哪些地方我需要跨出去？

2. 是什麼原因使我無法跨出？

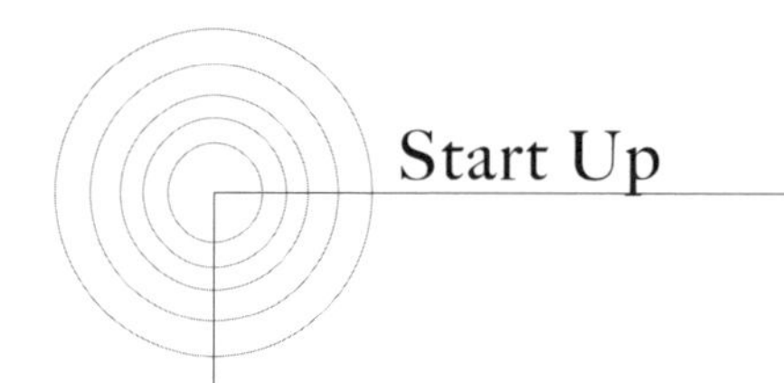

Start Up

3. 神，祢怎麼看現在的我？

4. 領受一句天父要對我說的話，使我能跨越前行，
   並宣告出來。

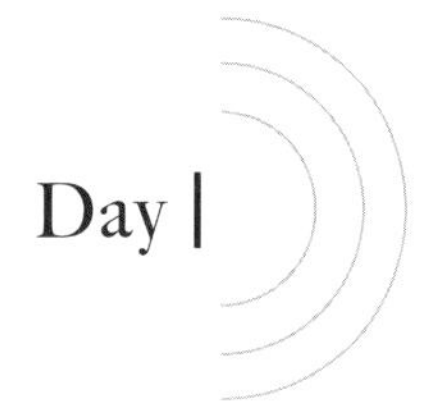

Day 1 主的靈同在

「主的靈在我身上，因為祂用膏膏我，叫我傳福音給貧窮的人；差遣我報告：被擄的得釋放，瞎眼的得看見，叫那受壓制的得自由，報告神悅納人的禧年。」
路加福音四：18-19

接下來的日子將是一個訓練的旅程。上一周，我們談到「知足」，因而能擁有「滿足的喜樂」，而能夠「知足」，是在神帶領我們進入救恩的美麗，讓我們被祂的愛摸著，並且經歷更新與恢復。然而不光是我們自己喜樂，神更要我們跨出去，使萬民做主的門徒，這就是我們生命獲得滿足喜樂的源頭。

因此，這一周讓我們來思想，如何能夠為了福音而「跨出去」。不知道你對「傳福音」的想法是什麼？是明明知道要去做，但還是難免會害怕？或是你心中有很多顧慮，以致於總是難以跨出去？當講到要「跨出去」時，常常要記得，當你被神從為奴之地帶回到父神家中，你已經擁有神兒子的位分，因此一定要相信，基督已經內住在你裡面了。

路加福音第四章第 17-19 節，是你我都不陌生的經文。這節經文的背景是耶穌在世上時，進到會堂裡，那時就如同古代辦案一般威武的氣勢，祂開門見山的宣告著以賽亞書第六十一章第 1-2 節。

讓我們來細看這段經文，主耶穌宣告著主的靈是在誰的身上？是在「**我**」的身上，並且「**祂用膏膏我**」。你一定要讀懂這句話。耶穌的宣告是：主的靈在你我的身上，並且祂用膏膏我們。而接著，神只要我們做一件事，就是跨出去「**傳**」、去「**報告**」。「**報告**」這個詞在原文裡就是「宣告」，你無須想破頭或學習什麼說話技巧，只要站在祂身邊，並且開口宣告：「你得自由了！」；你開口對貧窮人宣告：「你領受這大好信息，將會進入富足！」你開口對被擄的人宣告：「因著耶穌的名，你得著釋放了！」是的，神蹟奇事就是如此輕易的發生了。而要牢記的是：跨出去時並非只有你單獨一個人，乃是那三位一體的神與你同去，所以當神的靈在你身上時，你豈不正是那神蹟的實行者？

禱告求神讓我們感受到祂的同在，感受到祂就是那用膏膏我的那一位。現在就按手在你心上，開口來禱告，求神的靈現在就充滿你。邀請你把手打開，像領受禮物一樣，持續呼求神，當神的靈與你同在時，求神向你開啟祂的心意，領受祂要你如何跨出去？在你心中對誰有負擔？鼓勵你開口為這個人來祝福。若是你沒有領受到，並沒有關係，繼續向神禱告，求祂把憐憫的眼光賜給你。

無論你在何處，主的靈就在你身上，祂用膏膏你，並且要差遣你去做那美好事。

為自己禱告

願主聖靈此刻就奇妙的造訪我，奉耶穌基督的名，釋放忌邪的烈焰燒著我，燒掉一切生命的灰塵，燒掉我裡面的邪情私慾，燒掉一切不討祢喜悅的，燒掉一切對祢的不信，燒掉一切的猜疑，讓我更深經歷祢的愛。願祢的啟示持續臨到我的生命當中，祢若要我往哪裡去，我就必跟隨，祢要我為誰禱告，我就為她/他禱告。帶領我走在祢的時間表裡，好叫我跨出去宣告、報告大好信息時，祢的心能得著滿足。

將我心中有感動要禱告的＿＿＿＿＿＿＿＿＿＿（被祝福者姓名）擺在祢面前，願祢的救恩如明燈發亮，持續閃爍照耀在她/他心裡。

我主我的神，我感謝祢、讚美祢！

Day 2 愛勝過一切

「你們若有彼此相愛的心，眾人因此就認出你們是我的門徒了。」
約翰福音十三：35

在昨天禱告之後，不知道你是否有跨出去的行動了？祝福每一位家人，在這收割的日子裡，凡跨出去，就必看見神奇妙的作為。讓我們再來禱告，一起來到神面前尋求祂的面，讓祂再來帶領我們，更深的將自己歸給祂、更深的愛祂。

當我們講到要跨出去傳福音時，若是你諸事一帆風順時，那麼真要知道在這順利的過程中，正是有一位神在其中引領著一切。然而，若是面臨到一些難處，不要覺得神沒有祝福；事實上，在我傳福音遇到難處時，心裡反而會另有一種興奮，因為真知道神要再次彰顯祂自己所行的神蹟奇事了，更藉著環境來顯明祂對我的愛。

所以，在傳福音時若面臨到對方的反對，或者經歷到被揶揄或藐視，然而在屬靈裡，你仍是獲勝的一方，因為你宣告的那些上好的恩典，必定會在自己生命中實現。

耶穌基督來到這世上，是要將父的心意表明出來，祂用自己的生命頒佈了一道命令，祂要我們學習愛人，就像祂愛我們一樣，這就是約翰福音第十三章第 35 節裡所說到「彼此相愛」的意思；而所講到的「眾人」，是指所有的人，沒有任何種族或文化的區分。

當我們跨出去開始「彼此相愛」，乃是因為認識了彼此，認出彼此在神國裡的位分，並且開始互相成全，所有的人都將因此認出我們是耶穌基督的門徒。

家人們，「愛」是神兒女所擁有的永恆記號；恩賜、才幹並非不重要，但我想稱之為「工具」，在跨出去傳福音時，重要的不是你的工具，重要的是你裡面是否擁有那起初的愛心。

當跨出去遇到困難時，仍然要堅持去愛；遇到攔阻，無論對方是反對或嘲笑你，但在你的靈裡要開始起來祝福他。當你一直祝福他時，這在靈裡的禱告會開始轉化環境，神會在你所祝福的那個人生命當中做奇妙的工作。

面對傳福音卻被拒絕時，我們需要勇敢的在靈裡祝福與宣告。

為自己禱告

親愛的主耶穌，在接下來的日子裡，當祢帶領我跨出去傳福音的時候，讓我能夠心靈強健，祢的話語告訴我：當神的兒子顯現，為要除滅魔鬼一切的作為，在我預備跨出去傳福音時，祢的十字架就為我擋在前頭，讓一切惡者的權勢，一切要進行偷竊、殺害、毀壞的事物，不得再來攪擾我！

我主我的神，求祢帶領我能看見祢極其的作為，明白祢的心意！主聖靈，我歡迎祢、我歡迎祢，現在就用祢愛的觸摸，把勇敢和勇氣賜給我，讓我更深經歷到祢的愛，在每一次跨出去時，就能見著祢的面、經歷祢奇妙的作為。

我主我的神，感謝祢、讚美祢！

Day 3 我是神禮物

「主的靈在我身上，因為祂用膏膏我，叫我傳福音給貧窮的人；差遣我報告：被擄的得釋放，瞎眼的得看見，叫那受壓制的得自由，報告神悅納人的禧年。」
路加福音四：18-19

很多神兒女在跨出去給予愛與關懷時，總覺得因為自己很內向，所以感覺無能為力。家人們，我要提醒你，對人表達愛這件事其實無關乎性情，你若是始終沒有辦法跨出去給予愛，或者應當留意自己的心到底怎麼了，更要去問問神，到底在生命裡的哪個地方被卡住了？是不是在面對過去和人之間的傷害時，並沒有得到完全的醫治；如果還有無法饒恕的部份，鼓勵你要先向神求一顆饒恕的心。

家人們，神要使用你！你不該把自己關起來，更不要把自己變成出世的修行者；神的心意是要你跨出去，並且開始成為祝福流通的管道。求神賜下彼此相愛的力量，讓我們能夠擁有愛的能力，好在給予愛的時候，也能夠釋放出祝福。

路加福音第四章第 18 節裡提到的「**叫我**」，意謂著這是神對你我所下的一道命令，祂要你開始去傳福音給貧窮的人，甚至報告被擄的得釋放，被囚的出監牢。

當你遵從神的命令，開始跨出去釋放祝福時，心裡將會開始獲得滿足，這就是擁有喜樂泉源的開始。這世上有很多人常常窮的只剩下錢，擁有了許多財富，但卻無法知道自己生命的價值為何。

家人們，神在今天要帶領我們跨出去，讓你的生命成為「禮物」。我想邀請你現在就來作這樣的宣告：「我是神的禮物，求神把我送出去！」要相信你我就是神所製作的完美禮物，當神把我們送出去時，就能夠開始成為祝福流通的管道。

禱告求神把祝福的力量賜給我們，你之所以可以祝福，乃是因為你單純的相信及認同，神要在這個人或這個環境裡做嶄新的工作。

為自己禱告

我主我的神，感謝祢、讚美祢！

主啊！愛是從祢而來，我無法靠著自己來愛。謝謝祢在被接回天父上帝右邊為我們代求時，賜下聖靈保惠師來到世上幫助我們。我真需要聖靈的帶領，好讓我能貼近耶穌的心、明白天父的旨意。

求祢現在就釋放愛的膏油在我生命裡，這膏油要撐斷一切的軛，讓我裡面得以滿足，並且擁有滿溢的愛，以至於在我跨出去傳福音時，可以看見祢奇妙的工作。

阿爸父，賜給我那祝福的力量，帶領我更深看見祢奇妙的作為，讓我感受到祢的同在。求主耶穌釋放祢榮耀的煙雲，帶領我跨出去時，能夠成為「禮物」，因為我的生命就是祢美好的製作，我所傳講、分享的，都要見證自己所傳的道。

我主我的神，澆灌下祢能力的靈，讓我能更深看見祢奇妙的作為。 我要再次向祢呼求，當我專心愛祢，祢就要讓我穩行在高處。讓我無論在哪裡，都能開始祝福別人。

我要奉耶穌基督的名宣告：我就是神的禮物，求祢把我送出去！如同以賽亞的回應，我也要來到祢施恩座前說：「主啊！我在這裡，請差遣我！」我渴望能進入祢的計畫，渴望能與祢同工、同行。

我主我的神，感謝祢、讚美祢！

Day 4 見證主耶穌

「你們多結果子，我父就因此得榮耀，你們也就是我的門徒了。」
約翰福音十五：8

在跨出去和親友傳福音、分享愛的時候，這是神要訓練你勇敢的時刻，不要沮喪、不要洩氣，你要勇敢的往前走。撒旦魔鬼最想做的事，就是攔阻我們去傳福音及開始與人和睦，因為牠最害怕這兩件事情能夠成就。

有些家人不但害怕傳福音，甚至會不好意思在眾人當中談論耶穌。如果你有這樣的感受，我要鼓勵你不要擔心害怕，當你在眾人面前承認祂是你的主，祂是何等的喜悅啊！所以，你當剛強壯膽！如同約書亞記第一章第 7-9 節所說，當你每天靈修讀經、晝夜思想神的律法時，祂除了要把勇敢、勇氣賜給你，祂還應許要永遠與你同在。時時祝福自己的心，若是被拒絕，也不致落入失望或否定自己的定罪裡，乃是讓自己因此更認識神，更認識福音的權能。

約翰福音第十五章第 8 節的經文裡，提到我們得被稱為「主的門徒」，在於「多結果子」；這裡所說的「果子」，就如同加拉太書所提到的「聖靈所結的果子」（參見，加拉太書五：22-23）。

若你想要在生命中結出聖靈的果子，首先需要先跨出去傳福音，這不僅是一個行動，更是領受神的愛及經歷祂引領的開始。讓聖靈所結的果子成為我們生命的體質，藉著福音的大能在生命中轉化，使我們因此成為祝福多人的禮物，而人們也會因此看見你生命裡的耶穌，看見了「主門徒」的記號，於是也會想要接受福音的祝福。家人們，這是我們多結果子的日子，好讓所傳福音的人都親眼看見神得以改變及轉化人的生命。

約翰福音第十五章裡，談到了葡萄樹和枝子的關係，這也形容著你我和神之間十分親密的關係。神已帶領相信耶穌的你我走進那豐盛生命的旅程，因此現在你要開始跨出去，去傳遞、分享神在你生命當中所製作的美好。家人們，你要知道自己是有權柄的，你是神的孩子，神在你生命當中要施行奇妙大能，當跨出去時，你將知道神要如何使用你，因為你是祂的門徒，人們會從你看見父的榮耀。

為自己禱告

我主我的神，感謝祢、讚美祢！
求祢豐富的愛與同在，澆灌我在跨出去時容易感到被拒絕或受傷的心，讓我能夠愈挫愈勇！求主持續賜下憐憫的眼光給我，讓我在跨出去時，即便被拒絕，心裡仍然能夠擁有從祢而來的喜樂。
即便我跨出去傳福音，卻有很多人不明白祢的愛，我相信祢仍然悅納我，並且帶領我往前走，不再去記掛曾經的成功與失敗，就是持續向著祢、向著標竿奔跑。
我要奉主的名命令一切的謊言，一切抓住我心的害怕、恐懼，一切的攔阻要完全離開！我主我的神，讓我不以福音為恥，能如同保羅一樣，讓我隨走隨傳，讓我為祢癲狂！
我主我的神，感謝祢、讚美祢！

Day 5 福音的大能

「這福音傳到你們那裡，也傳到普天之下，並且結果、增長，如同在你們中間，自從你們聽見福音，真知道神恩惠的日子一樣。」
歌羅西書一：6

當我們要在生命旅程中選擇「跨出去」時，常常所面對的都不是容易的事。就如同在創世記第十二章裡，亞伯拉罕被呼召要跨出腳步離開吾珥，那時他七十幾歲，而神要他離開本地、本族和父家，這是極大的挑戰與跨越，但是亞伯拉罕卻決定順服神的心意。

求神讓我們能夠有這樣的恩典來順服神所量的環境與權柄，以至於可以明白神要藉著風浪、環境與權柄向我們的心說什麼、又要訓練我們什麼。在歌羅西書第一章裡，我們看見歌羅西教會因著明白及接受了福音的大能，他們的心就不再模稜兩可，乃是持有信心、愛心與盼望，開始跨出去行動，教會也因此結果、增長。

很多人信耶穌二、三十年，但福音的大能卻沒有真正在生命中轉換，以至於生活中的行為與能力總無法讓人看見耶穌。家人們，在領受福音的大能後，更要心意更新而變化，因此傳福音時就會看見結果與增長，好讓「神恩惠的日子」，也就是那極大的恩寵，要臨到我們當中。若是此刻，你所禱告的人事物總在原地踏步、沒有突破，鼓勵你要持續為著這一切來祝福與宣告：要有「恩惠」臨到所禱告的人事物裡，要宣告那極大的恩寵、恩惠要臨到你的生命當中。

開始為這些難處發預言、持續宣告恩惠降臨！讓我們的禱告並非只定睛在這個人事物或是難處當中，禱告裡不要帶著自我訴求，而是只要單單和神談心。當你開始這樣禱告，就可以進入神的心意裡。 求神幫助我們在跨出去時，能夠開始結果與增長。繼續為著你能夠跨出去來禱告，經文裡說的「增長」，不單是指人數增多，而是你能更多經歷到與神同工，讓你的屬靈生命上也會一直提升。

一個被福音轉化的人，能夠擁有「增長」的恩典，你裡面也會自然長出滿足的喜樂。現在就按手在心上為自己宣告：「我要領受耶穌的恩寵，我要領受耶穌基督的愛！」

為自己禱告

主聖靈，帶領我們更深明白祢的心意。祢要我們跨出去，如同歌羅西教會一樣，將福音傳到普天之下。求祢帶領我跨出去，讓我能進入那結果與增長的日子。
求主聖靈挪走我裡面的難處與害怕，挪走那在跨出去時可能會擁有的失落或被拒絕，並且知道祢要在生命當中持續引領我。祢的話語說，我們叩門，祢就開門，我們呼求，祢就應允我們！我要奉耶穌基督的名向這環境發預言，這是恩惠、恩惠、恩惠要臨到的日子！求神釋放祢極大的同在、極其的榮耀，充滿在我的生命裡，讓我更深看見祢奇妙的作為！帶領我看見祢的榮耀，讓我可以順服，並且能看見祢的心意，幫助我不再被環境所捆綁，不再糾結於人事物，讓我全然順服祢的帶領。
我主我的神，我感謝祢、讚美祢，謝謝祢的同在！

Day 6 我家的祝福

「但聖靈降臨在你們身上，你們就必得著能力，並要在耶路撒冷、猶太全地，和撒瑪利亞，直到地極，作我的見證。」
使徒行傳一：8

在神差遣我們跨出去祝福他人時，特別要記得在使徒行傳第一章第 8 節，意謂著聖靈要來把能力賜給我們，更重要的是我們要成為見證人。「見證」，其實就是指你的生命要成為祝福別人的禮物。

因此，要特別記得，你就是神預備好、放在你家裡的禮物。當你開始看自己是一個禮物時，在家裡就會擁有獨特且不同的眼光；在和父母、孩子、兄弟姐妹間，面臨到掙扎或不容易的景況時，一定要明白，你已經擁有從神而來的上好恩典，但你的家人此刻卻沒有。所以，當家人間出現了利益的爭奪時，神卻希望你放下爭奪的心，因為你已經是這個家的禮物，而這是你要給予和祝福的時候。當你在這件事上得勝了，你和家人的關係也會因此被提升。

今天，讓我們一起來為家庭禱告，求神讓我們在家庭裡能擁有屬神的眼光，願祂持續打開這個啟示：「我就是神美好的傑作，並且祂已預備我成為家庭中的禮物。」求神轉換我們的眼光，真知道我們就是神在這個家裡所預備的祝福。

當福音在我們生命當中帶下轉換，我們在家裡就會成為光與鹽，成為調和的角色，甚至成為家中最喜樂的人。而禮物就會在此時發生效能，現在是讓堅固的來擔待軟弱的時候！

邀請你思想一下，在你家裡是否有哪一位正處於軟弱當中？若你在家庭或家族裡，看到比較軟弱的家人，神要我們現在開始去堅固他。你要先藉著禱告來堅固你們家，也要藉著禱告來堅固那位軟弱的家人。讓我們來為家庭禱告，開始求神成為你家的遮蓋與守護。

為家庭禱告

我主我的神，感謝祢、讚美祢！祢的心意是從家庭開始的，祢渴望看到家家戶戶都要起來事奉祢。我要把家中軟弱的人交還在祢手中，渴望祢要在我家做新事。將我的家人＿＿＿＿＿＿＿＿（家人名）全然歸還在祢施恩座前，讓他不單能決志相信祢，求祢預備更多屬靈朋友來到他身邊。求祢大步行走在我家，我已經歷福音在我生命中的轉換，求主幫助我可以跨出去，並因此看見上帝祢在我家裡要做的奇妙工作！

奉主的名祝福我的家，在接下來的日子都能經歷結果與增長，真知道這是神恩惠要來到的日子！謝謝祢的同在，讚美祢、讚美祢！

祝福自己成為神愛的禮物

阿爸父，感謝祢！祢讓我來到這世上，並且為我預備了（將家人逐一列名）＿＿＿＿＿＿＿＿＿＿＿＿成為我的家人，求祢打開我屬靈的眼睛，讓我真知道在家族裡，我就是祢的光和鹽，求祢帶領我進入到調和裡。 我常常容易出現屬肉體、屬情慾的爭戰，求祢讓我能更明白祢的心，帶領我能夠有祝福的眼光，幫助我的家庭能經歷轉化。求主差遣我，能在我的家庭裡，給予家人們更多從祢而來的愛，求祢祝福我能因此更深看見祢的奇妙作為。

我主我的神，感謝祢、讚美祢。

Day 7 預備主再來

「就對他們說：要收的莊稼多，作工的人少；所以你們當求莊稼的主，打發工人出去收他的莊稼。」
路加福音十：2

在路加福音第十章一開始就講到了耶穌差遣了七十個門徒，兩個、兩個跨出去實習，耶穌告訴門徒一件很重要的事，就是人對於天國的文化、天國大好的信息有極迫切的需要，因此，我們需要求莊稼的主打發工人出去收割靈魂。

然而，現今的教會正面臨一個問題，很多教會裡沒有傳道人或牧者，莊稼已經熟了，但做工的人卻不足。讓我們來禱告，求神為教會預備僕人、使女，在將要進入福音浪潮的日子裡，你我的教會是否已經預備好傳福音與收割莊稼呢？

我也要鼓勵一些家人，若你知道自己被神呼召，但現在卻感覺到裡面出現難處，或是被環境絆倒，那麼鼓勵你要常常為自己的環境宣告。我要奉主名來祝福這些被呼召的神兒女，神正在預備你的心志，祂要帶領你往前走，重要的是你需要開始回應，當你願意跨出去時，神必定會為你負責。就我自己來看，能夠成為神的僕人是件很幸福的事情，我要鼓勵你，不要怕，只要信。

如同保羅常說，我們不要以為自己已經得著（參考，腓立比書三：13），而是要讓自己持續跨出現有的舒適圈。莊稼已經成熟、心土也已經柔軟，我們所要做的事，只是跨出去，並且與主同行，向人「報告」祂的奇妙作為。

在接下來的日子裡，人心對福音的需求將會愈來愈大，教會必須要預備好，不要只專注在忙碌的事工中，更需要對靈魂有更多的負擔。

求主讓教會能夠跨出去，開始與社區、鄰里和城市來連接，求主讓教會能有傳福音的動力。很多教會無法生發出神大能的主因，在於神兒女的心已經冷淡退後，一直無法跨出去。求主幫助教會能夠擁有屬神的勇敢，當神兒女願意跨出去時，能夠看見主極奇妙的心意。

接下來將面臨許多震動的時刻，很多教會也將開始進到啟示錄第五章裡所說「琴與金香爐」的敬拜。聖經告訴我們，如何能在末世經歷得勝，重要的是要藉著敬拜與禱告，神要帶領我們在靈界中得勝，這樣就容易在物質界裡面對困境。

在接下來的五年裡，神會興起一波敬拜與禱告的浪潮，很多青年人因此興起，包括孩童在內的下一代要開始被訓練起來，神要將各樣恩賜臨到他們。當福音浪潮興起，因著敬拜與禱告將吸引更多人心回轉，而人們一進到神的教會，就開始因著神的作為而經歷恢復。

願列國的教會都開始起來敬拜與禱告，尋求神的面。

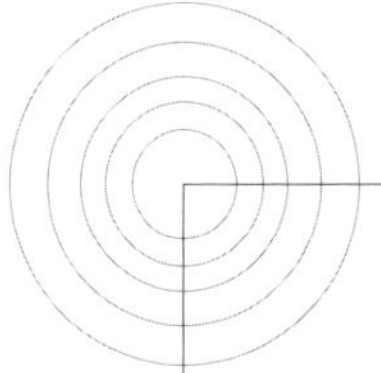

為教會禱告

阿爸父，感謝祢、讚美祢！求祢為我們預備心，在神的家中不能只滿足於被乳養，在教會裡能興起更多神的僕人、使女，好叫神的靈臨到時，讓被呼召的家人都能回應主的差遣！

願祢兒女能起來更深回應祢的愛，跨出去成為全時間的傳道人，願祢將前面的道路愈顯愈明，打發更多工人來收割莊稼。求祢把印證和確據全然顯明，讓更多屬神的兒女能回應祢的呼召。

在我們尋求自己命定時，祢早已將命定賜下，就是祢要帶領我們去拯救失喪的靈魂，祢允許我們要做比祢更大的事，求主祝福祢的教會要生發出傳福音的能力，賜下傳福音的膏抹在每一個教會裡。求祢讓教會不只專注於事工，而是要期望能看見靈魂大收割。奉主名宣告，這是靈魂收割的日子，是進到豐盛的季節，讓祢的教會能生發出神蹟奇事！

在列國震動時，求祢讓教會興起，讓屬神的兒女們單單敬拜祢，單單向祢禱告，奉主名宣告：教會中每一個敬拜都能真實進入那在至聖所中的敬拜，讓神的教會在列國裡生發出更多神蹟奇事來。

我主我的神，謝謝祢、讚美祢！

留下你想和神說的話：

匯流

你們就要意念相同，愛心相同，
有一樣的心思，有一樣的意念，
使我的喜樂可以滿足。

腓立比書二：2

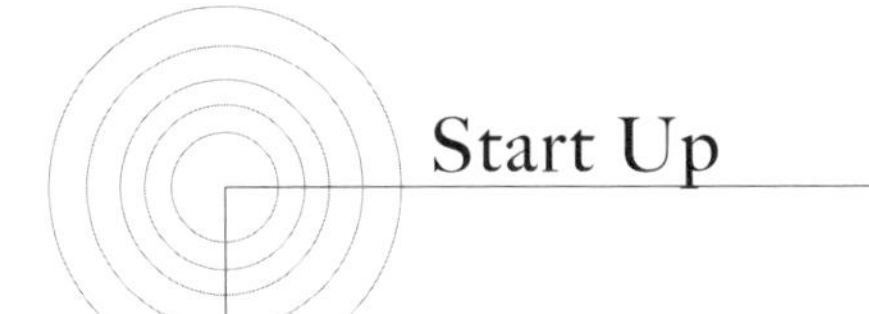

Start Up

1. 問問神，我在什麼樣的事情上，情緒常常起伏不定，以至於失去方向及分辨力？

2. 在這些事上我可以做出什麼樣的改變，好讓神的性格可以在我身上生長？

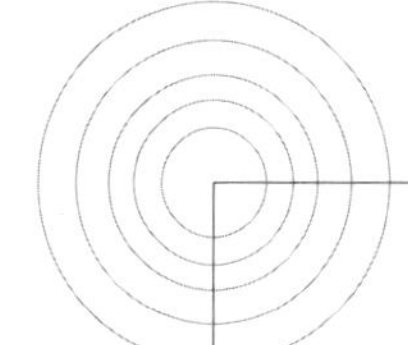

Start Up

3. 做出改變前有沒有什麼是我需要先委身或是放下的？

4. 領受一句天父要對我說的話並宣告出來。

留意我自己

「所以，我們當越發鄭重所聽見的道理，恐怕我們隨流失去。」
希伯來書二：1

從今天開始，神在我們生命裡將有一個極大的擴張。

「Converging」這個英文字，它有著「匯流」、「匯集」的意思，讓我們用來省視自己的生命，也預備要從神領受祂所應許的祝福。

無論職場工作或教會事奉，我們每個人都像一條條的河流，而神正開始進行匯流的工作，要將各個小支流匯集到巨大的河流裡，最終將因此興起極大的浪潮，就是福音的浪潮。

上一周，我們一直談到關於「跨出去」，而我更感受到，神對我們的祝福，不只是讓我們單單領受到耶穌基督從為奴之地領我們出來，以及與神和好的美好救恩，更要透過我們「與人相交」，藉由「匯流」來祝福他人，甚至祝福列國。

在創世記第八章裡，談到挪亞全家從方舟裡出來，特別在第 22 節裡講到：「地還存留的時候，稼穡、寒暑、冬夏、晝夜就永不停息了。」這裡提到的是人心所渴望居住的環境，充滿了和樂與平安；然而現今的環境，無法否認的是許多國家已經開始發生震動，包括氣候變遷、天災或戰爭，求神幫助我們能藉著敬拜與禱告，呼求神降下極大的平安在我們當中。

如同希伯來書第二章第 1 節裡提到：「**所以，我們當越發鄭重所聽見的道理，恐怕我們隨流失去。**」在接下來的日子裡，神要幫助我們好好的預備，特別是以下兩個部分：

首先，要留意自己的心思意念。許多人所傳講的話語，會帶來我們心思意念的震動；此時生命若沒有調整好、沒有與神對齊，心思意念就很容易被攻擊，甚至會產生更深的害怕。在新冠疫情期間，恐慌症患者愈來愈多，許多人也長期處在驚恐、驚嚇的情緒裡，我覺得這是邪靈的工作，我們需要格外留意自己心思意念的戰場。

其次，要留意自己所聽見的。若是你對神的道理、神的心意不熟悉，則更要留意了。接下來會有許多虛謊的說法，表面上是要帶領你進入豐盛的道理，然而實際上卻是荒謬的觀念，要帶你進到異端及不屬神的心意裡。希伯來書第二章當時的背景是因為異教思想或似是而非的錯謬道理也進入了聖徒中間，這更警惕我們要懂得分辨神的真道，第 4 節裡提到：「**神又按自己的旨意，用神蹟、奇事和百般的異能，並聖靈的恩賜，同他們作見證。**」

所以，家人們，接下來的日子裡，有兩件事是我們需要常常留意的。首先，當你聽到那從人而來的攻擊或負面話語，舉凡容易使你產生負面思想的內容，要馬上將它交給神；其次，要小心你所聽進去的教導，求神幫助我們辨明那彷彿是道理、但實質卻是歪理的假教導，並要禱告求神封存及潔淨你的耳朵，讓耳朵聽進的是神的話，並且能在心思意念、信念系統中轉換成屬神的系統。

為自己禱告

主，求祢帶領我進入禱告的浪潮，好在接下來面對更大挑戰時，能知道這是祢的國介入其中的時刻，這是祢要從施恩座降下極大榮耀充滿這地的時刻！求主讓各國、各族都站在對的位子開始發聲，就會看到合一的聲音被釋放出來，當神的兒女合一時，要除滅魔鬼一切的作為，要看到祢的國在榮中降臨！

求祢幫助我，特別在心思意念裡，舉凡我聽進去的話，包括人攻擊或批評的話語，求祢的寶血全然潔淨，讓我的心思意念與眼目能調轉到祢面前，使我足能得勝，祢的十字架擋在前頭，將我的心思意念全然歸還給祢！向祢禱告在接下來的日子裡，讓我所聽進去的只有祢的話，那些看起來好像要帶領我進入豐盛、但實則進入死亡的假道理，那些假教師、假先知所說的話，求祢的十字架在我前頭阻擋隔開，懇求主把啟示與智慧的靈、真理的靈充滿在我裡面，好叫我能有分辨的能力。求祢持續幫助我更深明白祢的話，更深的愛祢。

我主我的神，我感謝祢、讚美祢。

Day 2 回轉敬畏神

「到那日，亞述王的重擔必離開你的肩頭；他的軛必離開你的頸項；那軛也必因肥壯的緣故撐斷（或譯：因膏油的緣故毀壞）。」
以賽亞書十：27

在以賽亞書裡提到，神開始有賞罰與公義要臨到猶大國，而神原本興起亞述是為了要來教訓猶大國，然而當神的公義臨到時，猶大開始回轉、降卑歸向神，但亞述卻因著被神恩待後開始驕傲、自以為義，視自己為中東的霸主，反而開始衰亡。家人們，神的公義臨到時，你會發現愈降卑的人，神就會讓他更多升高；願我們的老我更衰微，讓神更加興旺。

當我們要進入「匯流」合一之前，神會先在我們裡面製作祂的性情。特別是教會裡的事奉者，而且是投入敬拜事奉，或是在禱告部門裡的先知性禱告服事或代禱者，神要在這些事奉者的生命當中興起一波潔淨的工作。

這並不是說其他服事不重要，每個服事都很重要。而敬拜與禱告的服事，在教會中正如同國家裡國防部的角色，肩負起守望的第一線任務，因此當神的審判從神的家開始時，會先從事奉者開始潔淨。

撒旦魔鬼一直企圖要攻擊我們的關係，牠會讓我們愈來愈疏離，牠的伎倆就是讓人與人之間的信任愈來愈少，關係愈來愈淡薄。

求神把十字架擋在前頭，讓一切從惡者來的謊言和攻擊，無法臨到我們的生命當中；求神把分辨力與爭戰得勝的能力賜給我們，讓我們敏感於聖靈的帶領，並且能夠關閉對人的敏感；求神帶領我們不再停留在第二層天的混亂，帶領我們上達神的第三層天中，讓我們在關係裡不致失去盼望，並且能夠明白神的旨意。

家人們，經文裡講到「亞述王的重擔必離開你的肩頭」，是應許那原先被擄的猶大人，可以離開亞述王的重軛，而那是因為膏油的緣故所毀壞的，膏油的澆灌乃是因為猶大人的心開始回轉向神。神的心意並非要消滅猶大，而被擄的猶大之所以能脫離亞述王的重軛，乃是因為她悔改歸向神，並且開始經歷神手所做的翻轉工作。

當列國上空的靈界愈來愈混亂、混濁，神要我們這些屬神的兒女藉著敬拜來尋求自潔及領受啟示，也藉著禱告宣告出神的心意，若想要脫離生命裡的重軛，我們必須隨時回轉歸向神。

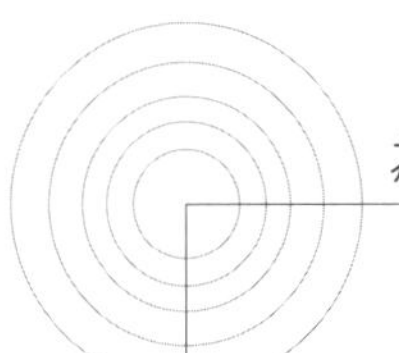

為自己禱告

神啊！求祢把防護力賜給我、把分辨力賜給我。
我要為著在關係裡正面臨到的混亂現象來禱告：
（如：有理說不清，或被人誤會等等現象）

主啊，求祢把更深的愛現在就觸摸我，幫助我在關係裡不再糾結，求祢帶我上去祢三層天的同在裡，讓我真知道自己當如何行；甚至在工作或事奉時，當我開始需要與人同工時，我的心不致失去盼望，因為真知道祢的心意本如此，祢希望我們能在祢裡面合一。
當我們跨出去時，就能摸著祢的心，願祢施恩憐憫，讓我經歷祢更深的愛，讓我經歷到祢的保抱懷摭，讓我能夠更愛祢。主，我向祢禱告，因著祢愛的膏油，撐斷我肩頭上一切的軛，當我轉向祢，祢就帶領我；求祢把智慧的心賜給我。
當我在話語溝通上面臨到極大的挑戰時，我向祢禱告，凡是撒旦魔鬼想要偷竊的關係，祢必定在前頭持續攔阻。
我主我的神，讚美祢、讚美祢！

Day 3 滿足神喜樂

「你們就要意念相同，愛心相同，有一樣的心思，
有一樣的意念，使我的喜樂可以滿足。」
腓立比書二：2

昨天提到當我們轉向神、敬畏祂時，那亞述王的重擔要全然脫落（參考，以賽亞書十：27），而當我們再次講到「匯流」時，我覺得神希望我們要開始學習彼此之間的「委身」。「委身」在原文的意涵就是「犧牲」，犧牲掉我們的主見與想法；不論在教會裡，甚至教會與教會之間，甚至牧者與牧者間的「匯流」，神也要訓練我們順服與委身，就如同腓立比書第二章第 2 節所說。

在腓立比書第一章裡，保羅提到他願意為羊群擺上一切，願意把身段放下，藉著謙卑將羊群挽回；這包括他被關在監獄時，仍然告訴腓立比教會要「喜樂」，所以腓立比書也被稱為「喜樂的書信」。保羅所表達的「喜樂」是何等重要！他如何能因羊群而喜樂？是藉著謙卑順服，好藉此進入雙贏。

而在第二章 1 到 11 節裡，則提到我們要開始在基督裡彼此勸勉，在愛心裡持續安慰，第 2 節裡講到：「有一樣的心思，有一樣的意念」，這就是保羅提醒腓立比教會，我們成為神兒子，無論有什麼想法或動機，都是要在基督耶穌裡，也就是「住在基督裡」，你我都需要常常進入內室，向神交出內心在關係中的想法。

保羅在這裡提到，我們的愛心要相同、意念要相同、靈裡要合一，這就是表示我們的心與靈都是從基督而來，當大家都有相同心聲，各人要看別人比自己強，而且不再單顧自己的事，開始跨出去看見別人的需要；於是，神說：「使我的喜樂可以得著滿足」，這意謂著跟隨神、尋求合一，能使神的喜樂得著滿足，而這個喜樂也會一直與我們同在。

「合一」最難的，就是各自堅持己見；而「關係」更是其中最大的考驗。如果只講求關係裡的和諧，反而會容易因著人心善變而產生分裂；而關係落入「控制」裡，但並非所有人都能完全順服某一個人，因此更難擁有相同的心思與意念。求神幫助我們能夠進入靈裡契合的「合一」，有相同的心思、意念及核心價值，就是耶穌基督。

讓你我這個小分支流預備跨出去與人匯流時，更要常常將自己的心思、意念放下，順服在神面前、住在基督裡，無論身處任何環境，都不致落入論斷，也不攔阻神的作為，更要特別留意你去愛人的動機。求神來幫助，讓我們單單轉向祂、尋求祂。

為自己禱告

主聖靈，求祢攪動我的心，當祢所動工的「匯流」要發生在我們當中時，幫助我可以謙卑順服在祢面前，讓我不再單顧自己的事。求主聖靈震動我，讓我更深明白祢，單單把自己歸給祢。

求主帶領我，在關係裡不失去盼望，能夠按著祢的心意，進入合一的旅程，幫助我在為祢的國效力時，願意在基督裡順服。讓我與同工都能擁有與祢相同的心思、意念，願阿爸父的心得著滿足！

主啊，祢說神兒子顯現，為要除滅魔鬼一切的作為！我們就是一群立志要像主耶穌的神兒女，讓我們願意彼此扶持。求祢讓我們更深的愛祢！

我主我的神，讚美祢、感謝祢！

Day 4 復活與新生

「身上常帶著耶穌的死，使耶穌的生也顯明在我們身上。因為我們這活著的人是常為耶穌被交於死地，使耶穌的生在我們這必死的身上顯明出來。這樣看來，死是在我們身上發動，生卻在你們身上發動。」
哥林多後書四：10-12

走進合一「匯流」的旅程，首先要面對的難題，就是大家各自有不同的想法，所以我們需要開始學習放下自己。

哥林多後書第四章10-12節裡提到了「耶穌的死」，也提到「耶穌的生」。保羅向哥林多教會說，因著有耶穌在他的生命裡，並且親身經歷過神奇妙的作為，經歷到有寶貝放在自己這破碎的瓦器裡所顯出的莫大能力，因此就算四面受敵、心裡作難、遭逼迫，都不致被打倒。

我們也可以不被打倒，因為身上常常帶著「耶穌的死」；這裡講到「身上常帶著耶穌的死，使耶穌的生也顯明在我們身上」。一個懂得死的人，神的復活就顯明在他的生命裡，並且開始成為活的見證，因為曾經死過，且將自己一切的權力、緊抓不放的想法都治死了。

這段經文所說的，是你我人生中的必修學分。經文裡說：「死是在我們身上發動，生卻在你們身上發動。」這意味著我們能知道如何將老我治死，那麼「生」，就是復活的大能，也會在他人身上發動。我們這一群認識神的人，若是願意先讓自己順服在神面前，就會看見「**耶穌的生**」在我們身上。所以當我這一條小河流要開始與其他河流「匯流」合一時，要常常留意生活當中一切舊有的想法及作為，都要先把它治死。

過去我們已做了很多自潔與除灰的操練，不知道你在這當中有沒有成長呢？我求神將新的氣息全然臨到每位家人的生命，求神光照我們要治死什麼，也要讓它死得透徹與痛快，更要求神將復活的氣息吹進我們裡面。

就算夫妻之間，也要常常學習溫柔，並非總是哪一方先低頭，而是彼此都願意學習溫柔對待；當我們願意順服神，將會看見祂把那極大的心意臨到我們生命中。家人們，神的國不同於一般，先低頭的會先蒙福，你看那統管萬有的主，不是反倒虛己，取了奴僕的形象，且為我們受了刑罰？所以神將祂升為至高，又賜給祂那超乎萬名之上的名（參考，腓立比書二：7-9）。

現在就來把一切要死去的老我，都交在神施恩座前。

為自己禱告

阿爸父，謝謝祢，把耶穌基督——祢的愛子賜給我們，也願主耶穌的愛，能夠常常在我的心裡，並教導我如何去愛。

求神開啟我要在生命中治死什麼。

很多時刻我在面對「饒恕」這個主題時是跨不出去的，願祢把饒恕的真理臨到我，把饒恕的自由開啟在我的生命裡，將我生命中要死去的（包括：錯誤的關係、財務的憂慮、自以為義的看法等等）＿＿＿＿＿＿＿＿＿＿＿＿＿＿，全然交出來給祢！

奉主耶穌基督的名禱告，願祢釋放那復活的氣息、自由的氣息臨到我的生命裡。神啊！釋放祢的自由、釋放祢的自由！

我主我的神，我感謝祢、讚美祢！

Day 5 口舌的影響

「這樣，舌頭在百體裏也是最小的，卻能說大話。看哪，最小的火能點著最大的樹林。舌頭就是火，在我們百體中，舌頭是個罪惡的世界，能污穢全身，也能把生命的輪子點起來，並且是從地獄裏點著的。」
雅各書三：5-6

在跨出去走向合一「匯流」的旅程時，神希望我們能夠如同路加福音第四章第 18 節所說的「報告被擄的得釋放」，祂只要我們去宣告神的心意。那麼，成為神話語出口的人，需要先潔淨你的口，你不能一面流出活水，又一直吐出苦水；舌頭雖小，若稍有不慎，卻能帶來極大的不良影響。

在雅各書當時的背景，有很多教師興起，而教導是要透過言語的，所以這裡提醒我們必須要控制舌頭，舌頭就是火，「最小的火能點著最大的樹林」，可見舌頭能產生多大的影響力。

求聖靈來掌管我們的口舌。當我們這個小分流要跨出去與其他支流匯流時，即便遇見與我們不一樣的人或思想，當你願意口出恩言時，儘管對方是軟弱的，你都可以因此成全與祝福他們。

有些家人每次一開口都是比較負面的言語，求神再次潔淨我們的口舌與心思意念，讓我們轉向祂，學習開始口說恩言，口說安慰、造就和勸勉人的話。

在接下來的日子裡，一定要常常留意溝通的問題。有時候所講出去的話是好的，但對方卻常聽成不好的；那就要警醒自己的心思意念，當你面見這樣的人時，不要總覺得被冒犯或停留在挫敗裡，重要的是要開始起來祝福他。求主聖靈幫助我們能靈巧像蛇，不致中了仇敵的詭計；在面對人的時候，更要懂得把人分開來看，要看到此刻的他到底被什麼樣的權勢所抓住？現在和你講話時，為什麼他總會有如此負面的反應？神正在我們裡面做一件新事，祂要幫助我們能夠認清楚，在你感到生氣時，到底背後又是什麼抓住了你？在和你溝通時總會容易生氣的那個人，背後又是什麼抓住了他？願我們都能開始靈巧像蛇，可以有分辨力，求神幫助我們在任何環境裡都可以分辨出祂的心意。

為自己禱告

懇求主聖靈再來幫助我，求祢忌邪的烈焰再一次燒著我，潔淨我的口舌，幫助我不成為傳舌的人。當幽暗遮蓋大地、黑暗遮蓋萬民的日子，幫助我更深經歷與面見祢奇妙的作為，讓我的口成為可以滋潤人心的活水，並且可以帶領更多人來認識祢。

當冒犯愈來愈加增，求主耶穌震動出我裡面那不能震動的國，幫助我能有分辨力，讓我真知道到底現在這個人為什麼會冒犯我，幫助我能口出恩言，讓我的話語能如同金蘋果落在銀網子裡，讓我的生命因此得以長大成熟。再次向祢呼求，求祢將溫柔的靈賞賜我，讓我可以靈巧像蛇、馴良似鴿。

我主我的神，感謝祢、讚美祢！

Day 6 合一的訓練

「祢使我們進入網羅，把重擔放在我們的身上。祢使人坐車軋我們的頭；我們經過水火，祢卻使我們到豐富之地。」
詩篇六十六：11-12

本周提到 Converging（匯流）這個主題時，要思想我們自己是條小分支流，要跨出去開始進到一個大匯流裡。神要做一件奇妙的工作，就是當職場中的人彼此相遇、相交時，資源就會開始流動，我感覺到神藉著神兒女之間將開啟資源的流動，而祂將會賜下豐富，為靈魂的收割，帶來百倍的收成。

當開始與人匯流時，我們更需要的是常常安靜在神面前。祂會藉由如同詩篇六十六篇裡提到的環境，包括網羅、重擔、水火、使人的座車軋我們的頭等等來訓練、熬煉我們，而通過考驗的重要關鍵在於我們是否能夠順服下來。

常常以為「順服」很容易，但實際上卻非如此。神藉此試驗我們是否可以順服在神所量的環境，你將發現這個訓練旅程的目的，在於訓練我們能擁有王的性情，儘管過程裡常常會有天然人的老我性格屢屢出現，我們會憤怒、不耐煩，脾氣愈來愈大，然而卻可以因此確認加拉太書裡所說的「聖靈九果」（參考，加拉太書五：22-23），是否已成了我們的體質。

這正如同熬煉銀子的過程，當溫度不斷上升，那些不純淨的雜質便開始被熬煉出來。所以過程中，銀匠必須在熬煉時常常坐在火爐前不停觀察，要小心銀子不致被烈焰毀壞，直到銀子被煉淨為止。在我們生命被熬煉的過程中，天父也會一直在我們身邊，祂要幫助我們的生命能被煉淨，能夠擁有如同祂一樣的性情。

在面對熬煉時，你要知道，神應許我們雖經過水火，祂卻要領我們到豐富之地。我們當中有些人正開始面臨網羅與重擔，甚至正有人要坐車軋你的頭。求神施恩憐憫，求主聖靈幫助我們在面對網羅時，能夠有出路，並且常常看見神奇妙的作為。

我想邀請你，在安靜下來時，先求神把你帶出這個網羅，求神帶領你到達下一個位置，就是接下來要到達的豐富之地；當你預先看見豐富之地時，你也會看到現在有許多的不足，就來開始祝福現在的環境。這是過去我一直帶著家人們常做的練習，在禱告裡擴張我們靈裡的度量，當我們先進到豐富之地時，回頭看見水火，就為此祝福，好叫我們的靈甦醒過來，藉著神的靈叫我們心裡的力量剛強起來，求神幫助我們在熬煉的旅程中，保守我們的心思意念。

為自己禱告

我主我的神，感謝祢、讚美祢。當我進入熬煉、訓練的旅程中，求主把耐心與平靜安穩放回我裡面，在常常感到無能為力或內心急躁的時候，求祢帶領我不看周圍環境如何，單單抬頭仰望祢。

在訓練過程中，求祢釋放我肩頭的重壓，奉耶穌基督的名，現在就釋放！奉耶穌基督的名，命令這一切在心頭上的壓制、那一切彷彿說不出口的無奈，現在要完全釋放出去！求主完完全全在我心中掌權，讓我更深經歷到祢奇妙的作為。

當有人坐車要軋我的頭時，若是我心中仍然存在著懷恨或無法饒恕，求祢的同在充滿我，讓我裡面能再次恢復那起初的愛。

我主我的神，感謝祢、讚美祢！

Day 7 合一的新靈

「我要使他們有合一的心，也要將新靈放在他們裏面，又從他們肉體中除掉石心，賜給他們肉心，使他們順從我的律例，謹守遵行我的典章。他們要作我的子民，我要作他們的神。」
以西結書十一：19-20

神要在未來的日子裡，帶領我們如同以西結先知所說，神開始要有一個召聚，召聚更多神兒女進到祂施恩座前，而重要的是，要把「合一」放在我們當中。

「合一」，在原文裡「一」的意思就是「連於神」。神要把合一和聖靈的澆灌充滿我們，最主要的是祂要除去我們肉體中的石心。所謂的「石心」，所指的就是「行惡」，就是你裡面有著堅硬、不信的心，也就是你心中一切的詭詐，此時若你不常安靜連於神，便容易常常進到石心裡。

而「肉心」也就是上帝創造我們的本質。我們若能擁有愛心、信心、良心、清心、虛心等等……這些心都是屬於「肉心」，神按著祂的形像造人，祂的一切性情都要製作在我們裡面。當祂賜下聖靈，又讓我們合一，我們便開始進到肉心裡，可以順從祂的律例，謹守遵行祂的典章。神要使我們作祂的子民、成為祂的孩子，而祂還要作我們的神。

今天想要邀請大家為你自己的教會禱告，求神挪走教會裡一切的石心，讓更多的「合一」臨到我們中間。

讓我們先安靜三十秒，若你在安靜中看見你的教會現今所面臨到的問題，就開始起來祝福，禱告求神光照教會、啟示教會能夠看見那石心，並將它除去。當你看見教會的問題時，就是你要開始祝福的時刻。家人們，今日教會裡所面臨的挑戰，在過去上百、上千年的教會歷史裡都曾經出現，當你看見「控制」，或是「耶洗別」、「押沙龍」的權勢，甚至如同約伯記裡提到關於「以下犯上」，如同鱷魚一樣開始起來咬著權柄等等，事實上都不是什麼新鮮事。

我們要持續禱告，求神把更深的愛與治理的能力，澆灌在神的教會當中。

為教會禱告

主，感謝祢、讚美祢，謝謝祢的同在，謝謝祢的愛。
求祢帶領著我的教會＿＿＿＿＿＿＿＿（教會名），
不致落入這地上的律，求祢也赦免教會，很多時候我們愛不夠，總是很容易講出口，但卻無法行出來，我們總是無法跨出去。
奉耶穌基督的名，祝福我的教會，讓更深的愛臨到，讓教會能領受耶穌基督的愛！祝福我的教會能領受祢合一的心志！懇求主聖靈祢造訪我的教會，讓教會更深愛祢，讓教會全然經歷祢。
求祢持續在教會裡做新鮮的工作，讓教會更深愛祢，我們不要像以弗所教會一樣，口口聲聲說愛祢，但卻失去了對祢起初的愛心；願主聖靈幫助我們，在教會裡雖然看到這些難題：＿＿＿＿＿＿＿＿，
但我要祝福教會在這當中能經歷更新與突破！
我主我的神，感謝祢、讚美祢！

留下你想和神說的話：

Week 8

溫柔

溫柔的人有福了！因為他們必承受地土。

馬太福音五：5

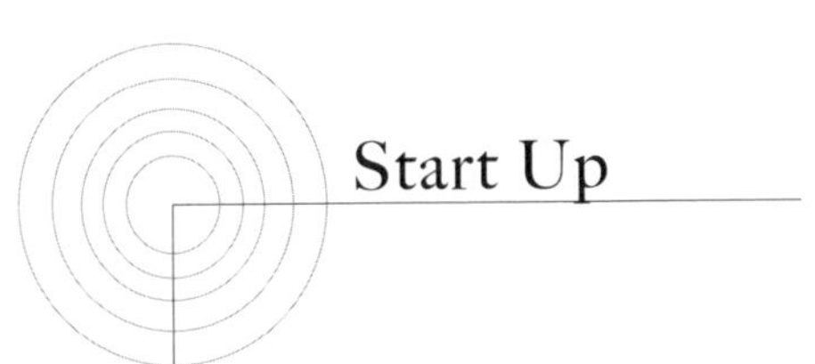

Start Up

1. 我的身邊有哪些活出「溫柔」生命的人，與他相處時的感受如何？

2. 我可以從哪些小事開始做出改變，好讓溫柔的生命能在我裡面發生？

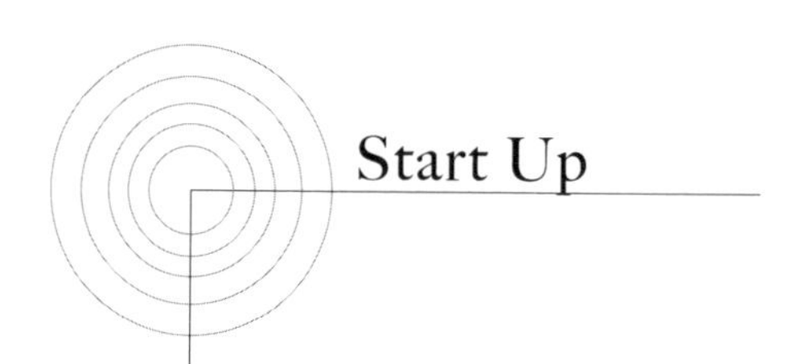

Start Up

3. 當我開始溫柔時，我的周遭有哪些改變呢？

4. 領受一句天父要對我說的話並宣告出來。

溫柔的真義

「溫柔的人有福了！因為他們必承受地土。」
馬太福音五：5

前兩周，我們提到了「跨出去」，在跨出去時，你將會成為人們的支持者，也會成為祝福者，但我感覺你會在這當中學習到一個很寶貴的事，就是所謂的「溫柔」，正如同馬太福音第五章第 5 節裡所說的。

馬太福音第五章到第七章是被稱為〈登山寶訓〉的經文，就是主耶穌在山上對門徒開始傳講天國的教訓，並且教導門徒如何使天國得以在地上彰顯，在這當中有著我們所熟悉的〈八福〉。

在人世間，我們常常看見有人迷失生命的方向，而在此時更是需要有人幫助他，好讓他能回到天父家中，也找到生命中真正的福氣。你我今日之所以可以稱為蒙福的人，乃是因為在生命裡遇見一位永遠不離開我們的神，在任何時候，祂絕不會撇棄我們。

所以，我們說：「溫柔的人有福了！因為他們必承受地土」，耶穌所說的「溫柔」，乃是在我們裡面能有堅定、剛強壯膽的能力，面對事情時能有把握，但卻不是堅持己見或自以為義，乃是真實知道自己所堅持為何，以及為什麼要堅持到底。

「溫柔」在原文的意義是 Controlled Power（被控制力），好比船需要有風吹在帆上才能移動，我們就如船，而聖靈如風，船需要自願意放棄己的力量，被風掌管吹動，才能順利航行海上。這裡的「溫柔」，指的是放下己的力量，凡事都依靠神來掌權。我們甘願被神掌管，在面對各樣環境時，不憑血氣和肉體來回應，因此能夠溫柔的對待所有人事物。

主耶穌來到這世上三年半的服事，祂在世上的事奉目的在於將天父的心意表明出來，無怨無悔的將自己完全委身在神的權柄之下。這就是主耶穌的「溫柔」。

家人們，我們需要認識及效法耶穌的「溫柔」，真知道自己所倚靠的是誰，並且完全委身在神的權柄中。「溫柔」，不僅是被控制的能力，更是面對各樣環境的態度，面對生命裡各樣的挑戰，無論喜怒哀樂，都定意要在生命當中榮耀神，並且願意拋棄所有，委身於基督。

本周，讓「溫柔」在我們裡面成長，讓主耶穌性情裡的「溫柔」，成為我們的體質，好叫我們不是倚靠自己，也不再倚靠勢力與才能，乃是倚靠耶和華，方能成事。耶穌每次事奉完，就開始單獨退到隱密處裡面對父神，與父有完全親密的分享，並且去做父要祂做的事。

讓我們也來與父相遇，更多了解祂的心意。

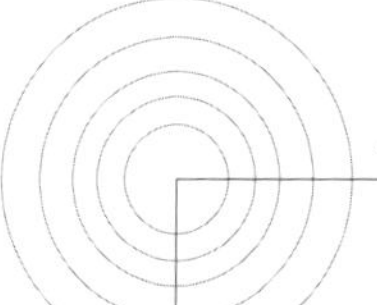

為自己禱告

主耶穌，我要來到祢寶座前，渴望祢的溫柔製作在我的生命裡，常常在環境裡，我因著自己的軟弱，沒有真實委身於祢；求祢幫助我能夠有對的態度，無論何時何地，都可以回到祢裡面，帶出溫柔的能力。

我主我的神，帶領我順服在祢施恩座前，若是在我的心思意念裡有任何不屬於祢之處，都能隨時交還給祢，渴望祢的溫柔能在我的生命中長大。

祢說，溫柔的人可以承受地土，求祢帶領我在凡事上倚靠祢的能力，順服祢的計畫。我主我的神，謝謝祢、讚美祢！

Day 2 溫柔的力量

「用溫柔勸戒那抵擋的人；或者神給他們悔改的心，
可以明白真道。」
提摩太後書二：25

昨天，我們談到「溫柔」是在我們裡面能有「被控制的力量」，這並不是指你從此被他人掌控到失去自我，乃是指在與神同工時，你有著安全感，能夠全然倚靠、順服神。

當你生活裡遇到困難時，你會想要找誰來幫忙？若是你已經很習慣找神，我要為你來感恩。然而常常在困境中，我們還是以自己所習慣的來面對，於是「溫柔」便無法在我們裡面長大。

在提摩太後書第二章第25節裡，保羅勸勉和教導提摩太，我們都是神的僕人、使女，而神正要祝福我們進入祂的同在，好叫我們能擁有「溫柔」的力量，就是在生命中有十足的安全感來倚靠神。神要把溫柔的力量放在我們裡面，這也意味著「現在活著的不再是我，乃是基督在我裡面活著」（加拉太書二：20）；我們需要讓神來作王掌權。

「溫柔」的原文字意也有「謙卑」與「謙和」的意思。經文裡提到在面對那些此刻是「抵擋的人」、或是你要傳福音的人時，我們裡面需要有溫柔的性情。傳福音並非總要聲嘶力竭的大聲堅持，而真實的溫柔也並非只是聲音與動作的輕柔。若是基督徒太過於宗教思維，在面對那些敵擋或不願意相信的人時，總想要強硬的花十倍、百倍的力氣，企圖把真理灌輸給他，效果恐怕會適得其反。神要在我們生活當中做一件新事，開始將祂謙和的性情製作在我們裡面，讓「溫柔」成為我們的體質。

保羅在這裡提醒提摩太，也教導了我們，主的僕人需要按照主的吩咐去行，大使命的交付，並不是要我們以「強迫」對方接受的方式來傳講神，乃是要以「溫柔」的方式來傳揚福音。要站在你所要傳講的這位福音對象所站的立場，求問神如何看他，此時你心中將會開始長出從神而來的憐憫。

有人覺得在家人間傳福音好難，這也許來自於我們並沒有在生活中「做」出合乎福音的行為，總是用「講」的來傳福音；事實上，若是你只會說卻無法行，那表示福音的大能並沒有真實在你裡面轉化。

讓我們再次回到神施恩座前，求神幫助我們把「謙和」活出來，站在對方的立場，溫柔的聆聽他的需要，並且把這些需要都帶到神面前，問問神要我怎麼對這個人分享福音好消息。

為自己禱告

我主我的神，謝謝祢藉著保羅的教導來告訴我，我的心要尊主為大，並且要全然歸給祢，再一次與祢對齊，不再靠自己，當我專心愛祢，祢就搭救我，祢要使我穩行在高處。
求祢把謙和的性情製作在我裡面，好叫祢的溫柔謙卑都成為我的體質，在傳福音時不再去強迫人。赦免我過去總企圖靠自己的努力，幫助我可以站在傳福音對象的立場上，更多明白、認識他的心。

（為著神啟示在祂眼裡的他，開始感恩與祝福）
求祢持續以智慧和知識的言語膏抹我，讓我真知道，不是靠我自己努力做什麼，唯有讓他的心能經歷祢的愛，他就能夠認識祢！讓我先學習為他禱告，並且更多尋求祢的心意，在我的禱告中不斷的祝福他！
我主我的神，感謝祢、讚美祢！

Day 3 溫柔的攔阻

「用溫柔勸戒那抵擋的人；或者神給他們悔改的心，可以明白真道。」
提摩太後書二：25

昨天提到了向人傳福音時，有時候我們常常以較強硬的方式來傳講，甚至常常用「你們應該……」等等言語，無論是語氣或是思想，這在面對我們自己的家人時，特別容易發生。求神幫助我們不致進入自義裡。若你生命中長出了自義，撒旦魔鬼就很容易攔阻我們和神之間的關係，也會攔阻我們和家人傳講大好的福音信息，或是在家庭中無法有美好的生命見證。

基督徒時常會讓人覺得我們總以高標準來看事情，然而事實不該如此。主耶穌來到這世上，所做的就是將父的心意表明出來，祂也將神溫柔的性情表露無遺。當面對那些抵擋祂的人時，耶穌總是很有技巧的回應，甚至用比喻來說明，目的是要讓這些人更深明白神的心，而不是要讓他們認輸。

特別在對親友傳福音時，求神挪走我們裡面的自義。若是你在向親友傳福音時曾經出現過自義的心，我鼓勵你要開始悔改；求神光照，也許是因為我們著急、害怕他們會失去認識福音的機會。然而，神正在做一件新事，我們要讓聖靈來帶領，現在所要做的事，就是在看到親友的難處時，不再作任何言語的回應，而是開始站在他的立場來作「認同性禱告」，站在他的立場來向神呼求。家人們，這就是「代禱」的真意。

現在就讓我們一起開口來禱告。求神赦免我們的自義，赦免我們常以強硬的態度來面對家人，也求神再把那謙和與溫柔的體質，放回我們裡面；也許在分享、傳講的過程中，會出現被冒犯的時候，也求神幫助我們不要以理直氣壯的態度來回應。一個愈認識神的人，愈不會讓自己總是出現理直氣壯的時候，留意不要讓自義與驕傲在我們裡面生根，求神幫助我們時時刻刻可以順服在祂所量給我們的環境裡。

為自己禱告

我主我的神，感謝祢、讚美祢！
求祢赦免我總是常常靠著自己，和親友說話時總是以理直氣壯的態度來面對，好像說得理所當然，但卻忘記祢是要那堅固的人擔待軟弱的人，祢要我們與喜樂的人同喜樂、與哀哭的人同哀哭。如今我是堅固的人，讓我不只能擔待，更要將溫柔的話語賜下，好叫我的話語能帶下滋潤與祝福，讓我在那與親友分享福音信息時，能夠蒙祢的引領。
求主赦免我常常沒有明白及聽清楚親友的需要，甚至在看見他們所作所為時，就輕易作出論斷，赦免我常常想要掌控，常常覺得自己所想的都是對的，願祢的寶血全然潔淨、赦免我，幫助我可以跨出去成為那擔待軟弱者的人。
求主也轉換我的眼目，讓我不再定睛在親友身上，也不再定睛在他們的所作所為，讓我常常可以站在他們的立場，來聆聽祢對他們的心意。求祢幫助我！
（求神啟示在祂眼裡，如何看他，我應當如何待他）
我主我的神，感謝祢、讚美祢！

Day 4 溫柔的態度

「我親愛的弟兄們，這是你們所知道的，但你們各人要快快的聽，慢慢的說，慢慢的動怒。」
雅各書一：19

在生活當中，神期待我們可以開始慢下來，在願意學習停下來、慢下來時，會發現在關係上，有很多事是沒有必要繼續爭辯的。

當我們再次思想關於「溫柔」的學習，雅各書的作者提醒我們，要「快快的聽」。新約聖經中耶穌講到了：「有耳可聽的，就應當聽！」（馬太福音十一：15）所以，「聽」是個態度，在你能夠聆聽時，表示你裡面已經擁有溫柔的心了。我們需要有「能聽的耳」與「受教的心」，當你能夠「聽」，你就是受教的人。求神幫助我們，在聆聽時必須聽得明白。

「快快的聽」不是指說話一方講話加速來讓你聽，而是要你快速清楚辨明自己聽進去的內容，到底在你心裡栽種了什麼。如果我們一直聽到負面內容，久而久之會感到疲憊，這是因為負面話語讓你沾染到污穢的緣故。因此一定要留意自己所聽到的內容，要常常求耶穌的寶血將負面話語殘留在你生命當中的巫術與巫毒全然潔淨。

再講到「慢慢的說」。我們常常急於表達自己想說的，所以要提醒自己，在說任何話前都要放慢腳步、好好思想，最好在說話前，先讓自己安靜下來，回到神裡面思想，接下來我要講的是能夠安慰、造就、勸勉人的話嗎？還是會讓關係因此更加緊張？求神幫助、帶領我們，能進入更深的自由裡。

雅各書的作者也提醒我們要「慢慢的動怒」。聖經裡保羅也曾講過：「生氣卻不要犯罪」（以弗所書四：26）其實生活中，我們常常被人強求行事，也常常會強求他人；當你因著話語而感到被冒犯時，常常會無法控制自己的情緒。神在這裡提醒我們，要「慢慢的發脾氣」，脾氣慢慢的發，情緒就不會橫衝直撞，傷人而不自知。當你「慢慢的動怒」時，會發現自己的心變得緩慢安靜，也會開始經歷到「溫柔」的力量。若是你常常處在憤怒的情緒裡，需要特別留意這樣的權勢，求神幫助你開始為著生命裡的一切來感謝神，這可以讓你走進祂的心意裡，明白祂做事的法則。

家人們，讓我們來思想，操練「溫柔」時，在「快快的聽」、「慢慢的說」和「慢慢的動怒」這三件事上，你最缺乏哪一件呢？在這黑暗遮蓋大地、幽暗遮蓋萬民的日子裡，想要好好的聽、好好的說、不容易動怒，不是簡單的事。求聖靈幫助我們，能夠進入到神的「溫柔」裡，求神釋放我們的心。

為自己禱告

我主我的神，何等渴望「溫柔」能成為我的體質，也真實渴望在學習與人的關係裡，能夠擁有主耶穌的溫柔。

求主讓我在聆聽時，不但能聽得明白，更能「快快的聽」，讓我能有受教者的心，也幫助我能過濾所聽到的。當我遇到負面、埋怨或批評論斷的話時，求耶穌基督的寶血全然塗抹遮蓋，十字架擋在前頭，讓這一切話語所帶下的巫術、巫毒都不得再來攪擾！

求主也幫助我在說話時能真實倚靠祢，先安靜回到祢施恩座前，祢就教導我可以說出知識、智慧的言語，可以建造人心的言語。

當我出現了想要發脾氣的心，求主幫助我心中能擁有那不能震動的國，讓我的心能夠慢下來，不受外在影響，幫助我擁有感恩的心！謝謝祢、讚美祢！

Day 5 溫柔的得勝

「溫柔的人有福了！因為他們必承受地土。」
馬太福音五：5

在過去教導「溫柔」的操練時，有很多家人告訴我：操練溫柔真的太難了！家人們，其實我和大家一樣都在生命的操練當中，我也知道這一切很不容易，而我們更需要互相鼓勵，在神的面前立定心志，好讓自己能保持在神的平靜安穩裡。

關於「溫柔」，能夠經歷得勝的祕訣，只有開始懂得倚靠那在你生命中唯一美好、引導的力量，當你懂得連於生命的源頭，你裡面就能開始安靜，並且與神對齊。現在就讓我們如同馬利亞一樣時，安靜來到主面前，「溫柔」就會自自然然的在我們裡面長大。

求聖靈來幫助我們能在操練中，更深經歷到神的作為。我們當中有一些人正在面臨生命裡的挑戰，在生活中，你或者覺得自己撐得好辛苦，甚至快要撐不下去了。我要鼓勵你花些時間，把所有的軟弱與難處在神面前全然傾訴，你必會看見神在內室裡如何暗中報答你，祂又會如何帶領你經過死蔭幽谷，卻不致遭害，而流淚撒種的，也必定歡呼收割。我要求神將信心再放回你心裡，在凡事上都將自己單單歸給神，更能在任何風浪中真實知道主的同在。

也許還有一些人，在你裡面正在埋怨神，或總覺得自己不夠好，這意味著你心裡還有很多事情並沒有過去，以至於常常當別人與你意見不同時，你的心就無法溫柔了，你會企圖反駁，內心也波濤洶湧起來。我要求神將祂的愛更多充滿你，也要奉耶穌基督的名，命令那覺得自己不好的謊言離開你的生命！

家人們，我們也許常常會覺得，風浪並沒有止息、環境也都沒有改變，然而我想要稱這樣的景況為「等候期」。在這段時期裡，更需要做到的是「和神交換力量」，在等候期裡，不再只是苦苦哀求，而是要起來開口宣告，你將會在這當中看見上帝奇妙的作為。

我也要再次告訴你，也許你感覺問題都沒有改變，但其實每一次的禱告，都是把那禱告的事項在靈界中推進，要看見在神永恆的時間表裡，那美好的目標已經愈來愈靠近了。

求神幫助我們，在信心不足時，在軟弱到無法繼續而想要放棄時，能夠學習為著所經歷的事情開口來感謝與讚美。

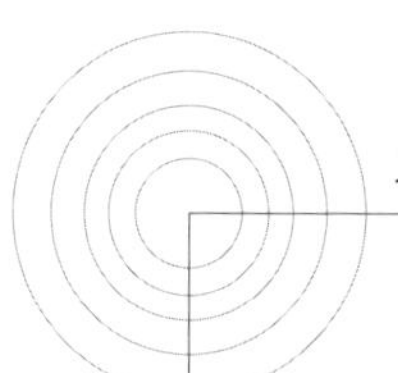

為自己禱告

哈雷路亞！主，謝謝祢、讚美祢！

我相信在此刻我所面臨的環境挑戰裡，祢正在獨行奇事，祢要在我的生命裡做奇妙的工作！幫助我看見祢賜下那救恩的路，並且祢要持續帶領我，使我看見祢應許之地的遼闊，好叫我不在原處打轉。

求主帶領我在學習「溫柔」的日子裡經歷得勝！我要命令一切的混亂、一切的難處，一切在思想裡的謊言，都要奉耶穌基督的名完全的離開！求主聖靈現在就充滿我，讓我再次把自己交還給祢，求祢從施恩座前釋放這信心的膏油，帶領我在面臨風浪與挑戰時，把祢的心意完全顯明，讓我更深明白祢的心意，能夠看見在任何風浪與挑戰裡，祢都在當中與我同在。

求主聖靈帶領我可以更認識祢，也可以更認識自己，求主幫助我可以真實的原諒、更深的饒恕。

我主我的神，感謝祢、讚美祢！

Day 6 溫柔與合一

「凡事謙虛、溫柔、忍耐，用愛心互相寬容：用和平彼此聯絡，竭力保守聖靈所賜合而為一的心。」
以弗所書四：2-3

當我們預備自己進入迦南美地前，必須要先進入爭戰，不再倚靠自己，乃是全然降服於神，全然倚靠這位復活主——耶穌基督。而「溫柔」的體質，是幫助我們真實倚靠祂的重要因素。

這些天裡，當你操練溫柔的時候，有沒有人開始讚美你，或覺得你和過去不太一樣？有沒有人開始好奇為何你遇到一些足以冒犯你的事情卻不會容易被激怒？

家人們，操練敬虔就是開始練習把老我放得更低，把神舉得更高，你的生命就會有快速的翻轉，並且進入神的心意裡。而「溫柔」的操練能讓人看見我們裡面的耶穌，也因著我們重新與愛的源頭相連，便擁有了可以去愛人的動力。

以弗所書第四章第2到3節提醒我們，神期待我們能夠擁有「合而為一的心」。在這兩節經文裡所講的都是聖靈的果子，你我都是被聖靈充滿的人，更要過著滿有聖靈的生活。這裡講到「凡事」，也就是每一件事情，都需要「謙虛、溫柔、忍耐」，都需要「用愛心互相寬容，用和平彼此聯絡」。保羅強調教會或個人都要開始保守合一，這是與我們所蒙的恩相稱的。

上一周裡，我們講到了「匯流」（Converging），在與人匯流時，需要更多謙虛、溫柔與忍耐。在經文裡提到要「竭力」，也就是要花盡一切心思、用盡一切力量，甚至付上一切代價，也就是我們常說的「委身」，更帶著「犧牲」的涵意。

在進入「合一」時，其實並不容易長出包括：謙虛、溫柔、忍耐、慈愛、和平等各種品格果子；求神將極大的恩典臨到我們。先向神訴說我們願意「竭力」進入到「聖靈所賜合而為一的心」，而當我們信不足時，求聖靈將謙虛、溫柔、忍耐持續製作在生命中，以成為我們的體質。

在面對冒犯時，還可以謙虛、溫柔、忍耐，這是神所喜悅的。不論是當面被批評、背地被議論，或是聽到言過其實的話語，都很容易激怒你，這時唯有讓自己更多安靜下來，領受從神而來的溫柔。

家人們，當你生命中出現了「溫柔」，「謙虛」便是必然發生的「質的變化」；從此心中便知道要倚靠神、不再倚靠自己，相信祂有最美好的安排，態度也會自然而然改變，就算身處艱難，也能夠溫柔以待。當別人看到你的改變，也就能看見神的作為。

讓我們再次向神呼求，在學習溫柔時，求神幫助我們，舉凡以弗所書裡保羅向著以弗所教會所說的果子，都要在我們身上長出來！

為自己禱告

主耶穌，帶領我更深明白祢在我生命當中一切美好的製作，也要為此來感謝祢。求祢讓我們領受到祢更深的愛，好叫我可以真實倚靠祢、愛祢，讓我的心能因著愛祢的緣故，學習謙虛、溫柔與忍耐，也讓我學習在任何事上不致常常被冒犯。

求祢把和睦的心志賜給我，好讓我在生命當中能尋求和平。求主釋放祢極深的愛火，燒出我裡面對祢的絕對，讓我能和人在聖靈裡合一，因此讓眾人看見祢在我們當中行了大事！

我主我的神，感謝祢、讚美祢！

Day 7 耶穌的溫柔

「我心裡柔和謙卑，你們當負我的軛，學我的樣式；這樣，你們心裡就必得享安息。」
馬太福音十一：29

在這一周裡，關於「溫柔」，你學習得如何呢？是否有被那從神而來的愛所吸引，並且真知道要將自己全然歸給祂？

分享的同時，我也和大家一同在學習「溫柔」的功課，常常求神讓我能擁有溫柔的眼光，不論是在與人同工或是生活瑣事上，都能長出神的溫柔，行出祂的心意。家人們，我們這屬土的性情要如何才能開始轉換？如何能夠連結於生命樹，擁有真正的溫柔？唯有時時讓自己安靜下來，學習倚靠從神而來的愛的能力。

主耶穌所教導的〈主禱文〉是最容易讓我們回到神施恩座前的禱告。當你開始呼求：「**我們在天上的父**」時，正清楚表明了我們與神之間的關係，就是父與子，你我和神之間的親密關係，就是我們禱告重要的根基。求神幫助我們在接下來的禱告旅程裡，能夠與祂進入更深的親密，就如同鹿切慕溪水一樣，渴慕祂時時的同在。

若要長出「溫柔」的生命，很重要的是要讓我們的生命能夠常常被神介入，讓神擁有我們生命的所有權，這意味著你我在凡事上常常讓神居首位。因此，在進行溫柔操練時，我鼓勵你能常常思想這件事：「如果耶穌在這裡，祂會怎麼說？祂會怎麼做？」這些道理也許你老早就知道了，但是總要求神常常提醒和幫助我們，能夠真實的容許神介入我們的生命。

我也鼓勵你要持續去祝福那些目前無法勝過的人與事，當你去祝福時，會幫助你更真實明白關於「饒恕」的真諦，不再只是腦袋裡明白，心裡會更加的清楚。要記得耶穌已全然原諒我們每一個人的過犯，那麼學習把別人加諸在我們生命裡的過犯，也都交給神吧！常常去思想耶穌會如何面對這件事，能夠幫助我們以基督的心為心，也因此可以開始長出主耶穌的溫柔。

求神幫助我們來祝福那些愛不下去的人，特別是那些常常冒犯我們的人，有可能是你的家庭成員，也有可能是你屬靈的家——教會裡的人們。在禱告中把這個人交還給神，當我們的眼目轉向祂，求神幫助我們能夠常常用主耶穌的溫柔來面對這個人。

為自己禱告

我主我的神，感謝祢、讚美祢！

求祢再來幫助我，挖深我對祢的渴慕，我需要祢，沒有辦法靠自己，釋放祢的同在，讓我的眼目能定睛在祢身上，就算身處風浪裡，我也能夠不見一人，只見耶穌！

求主幫助我在面對那無法愛下去的人時，也能夠擁有主耶穌的溫柔，求祢挪走我生命裡的一切怒氣，轉換我的眼光，讓我能夠看見，在禱告中，那我無法溝通、無法改變的人，會因著祢的愛而持續改變。

求主讓我們擁有新的眼光，長出新的心，好叫我在與人的關係裡經歷得勝，並且常常得以看見祢奇妙的作為。

讓我的生命能夠長出主耶穌的溫柔，求祢從施恩座前釋放能力，擴張我愛的度量，讓我能更深的愛人。

我主我的神，謝謝祢，讚美祢！

留下你想和神說的話：

信實

因我曾說，
祢的慈悲必建立到永遠，
祢的信實必堅立在天上。

詩篇八十九：2

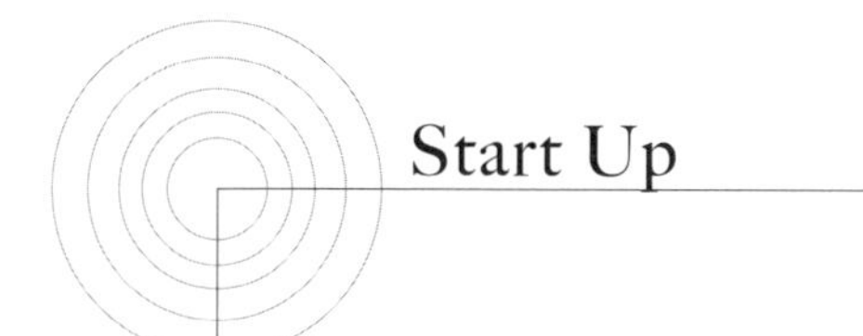

Start Up

1. 回想過去，有沒有被背叛或是被欺騙的經驗，當時的感受如何？帶來了什麼結果？

2. 問問神，在這些不好的經驗當中，神有沒有什麼話要對我說？

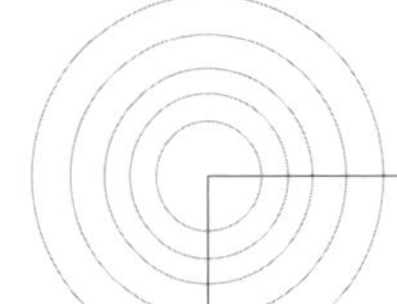

Start Up

3. 數算過去上帝在哪些事上成就了我的禱告，並為此獻上感恩。

4. 領受一句天父要對我說的話並宣告出來。

Day 1 祂信實不變

「因我曾說，祢的慈悲必建立到永遠，祢的信實必堅立在天上。」
詩篇八十九：2

在禱告中，神把「信實」這兩個字放在我裡面。「信實」是神的屬性，祂就是信實的神！正如同詩篇第八十九篇第 2 節所說的一樣。

在聖經裡有另一個字和「信實」相同，就是「忠誠」。如果我們講到這個人很忠誠，表示他是值得信任的人，所以若我們說「神的信實直到永遠」，也代表著神對我們的忠誠，祂所答應的事情、祂的應許永遠不落空。

而問題卻在於，此刻我們正在行走一段向來沒有人走過的旅程，因此我們的心會慌，會容易感覺無助；但是家人們，就算人會背叛，但信實的神卻永遠不會離棄你。我們當中有些家人，若是你此刻正面對著難熬的處境，我要再三提醒你把這事實放在心裡：「神必定會用雲柱、火柱來引領你前面的路，在面對那讓你感覺難熬的時刻，信實的神永不撇棄你為孤兒。」

詩篇第八十九篇是以斯拉人以探的訓誨詩，全篇也一直在稱頌神直到永遠的信實與慈愛。「以探」在原文裡有「堅忍」的意思；也就是當我們正在患難中努力堅持時，神正透過詩人的生命來告訴你，這正是要緊抓住這位神的時候，因為祂永遠忠誠於我們。

還記得大衛被掃羅追趕到無路可逃而呼求神，而詩篇第八十九篇第 3 至 4 節正是神對他呼求的回應，祂說：「**我與我所揀選的人立了約，向我的僕人大衛起了誓：我要建立你的後裔，直到永遠；要建立你的寶座，直到萬代。**」神要做的新事，那恩典是直到萬代的，而這一切是由神主動開始，因著祂的愛揀選了大衛。家人們，今天我們被神重價贖回祂的家中，豈不也是從神的愛開始？

無論你遇到多少挑戰，祂對你的愛和信實、向你的無限忠誠都不會改變，祂答應不撇棄你為孤兒，就永遠不會撇棄你為孤兒；祂答應要帶你進迦南美地、應許你不要懼怕，並且永遠與你同在，就永遠不會離開。

重要的是，求神把「信任」放回我們裡面，讓我們更深愛祂，並且在凡事上能夠常常經歷祂。若是你感到自己信不足，唯有讓自己更多回到神面前禱告，唯有常常和神建立關係，才有辦法讓更深的信任得以長成。

人常常容易只看到環境現況，就因著心裡的感受而把專注從神身上挪移開。求神把「忠誠」賜下，祂對我們忠誠，我們也要對祂忠誠，祂對我們信實，我們也對祂信實。人會說謊與背信，但神不會，祂始終愛著我們，祂愛到一個程度，就算你企圖甩掉祂，祂仍然在等待你的回應。

為自己禱告

我主我的神，我要向祢呼求，讓我真知道祢與我同在，我也渴望能和祢在一起，但願祢對我忠誠的心，也能長在我裡面，祢對我信實，願我對祢也能夠信實。

赦免我常常來到祢面前起誓，但卻常做不到；幫助我與祢之間不是利益交換，乃是關係的建立。信實的神啊！求祢把信任製作在我裡面，讓我更深愛祢，祢也更深愛我，我的心就滿足了；帶領我經歷滿足的喜樂！

信實的神啊，願在人生的震動裡，能夠經歷到祢的信實，在各樣環境裡，求祢彰顯出奇妙，用雲柱、火柱引領我，再降下嗎哪鵪鶉來餵飽我。謝謝祢、讚美祢！

Day 2 與祂換力量

「但那等候耶和華的，必重新得力。」
以賽亞書四十：31

也許此刻的你正在等候當中，很多眼前的事情不知道為什麼都一一卡關，前面的人沒有出現、前面的路也沒有開啟。我感覺到神要再次對我們的心說話，祂的應許是：等候祂的，必重新得力。「重新得力」在原文的意思就是「交換力量」，在等候的日子裡並非無意義的空等，或是只能埋怨著門為何遲遲不開，重要的是，你需要開始學習和神「交換力量」。

世上最難治死的，就是我們的心思意念。所以在等候裡，若是你正面臨到信仰危機，此刻，神要將祂的信心賜下給你。當你裡面有更大的信心，將能讓你更深明白祂奇妙的作為。禱告求聖靈來幫助我們能與神「交換」。「交換」什麼？先交出你裡面混亂的心思意念，接著開始為著現在神所量的環境來開口讚美，讓神的心意和次序與你同在，好交換你心中的混亂與無助。

家人們，我常說，如果總是感覺到時間過得很快，就代表我們已經走向有些年紀的路上了。每天的時光都在飛速中過去，若我們沒有花些時間來親近、等候神，也很容易遺忘神對我們的愛，甚至會不自覺的輕忽，好像感受不到祂在生活當中所彰顯的奇妙。

本周，給自己一些時間，開始仰望這位信實主，單單觀看祂的心意和作為，常常我們因此才能知道，放手時，神所做的其實比我們做的更好，不動時，神的動工將比我們更強大、更強壯！

唯有讓我們裡面常常回到神的安息。還記得祂的應許嗎？「眾山怎樣圍繞耶路撒冷，耶和華也照樣圍繞祂的百姓，從今時直到永遠。」（詩篇一二五：2）閉上眼睛，感受祂如何的圍繞你，而且這樣的圍繞不是只有今時，還要存到永遠。

我想鼓勵大家，每天不管是早上、中午或晚上，花大概五分鐘的時間，回到你裡面來注視耶穌，和耶穌說說話，就算在謝飯禱告中安靜下來五分鐘也很好；就算在生活的忙碌裡，仍然可以有機會轉向神，好讓自己在與神更深入的關係裡，再次重新得力。

為自己禱告

我主我的神，感謝祢、讚美祢，祢是信實的神，祢所說的話沒有一句落空，我要向祢禱告，等候的日子對我而言是何等艱難，但我心呼求：願祢來、願祢來！幫助我在等候的日子裡，將心思意念交還在祢施恩座前。

願我藉著祢的靈，好讓我心裡的力量剛強起來，我禱告剛強要進來我心，耐心要進入我的生命，讓我在等候的日子裡不失去盼望。求祢信心的膏油全然膏下來，讓我得以見著祢面，經歷祢奇妙的作為。

求主在此時做奇妙的工作，我向祢禱告，讓我生活中那看起來沒有開門的事：________________，要全然開門！求主挪走我一切的小信，讓我能常常在祢的同在裡。求祢把平安、平靜安穩放回我裡面，挪走煩躁與思慮繁瑣，讓我能更深明白祢的旨意，將那更深的安息放到我裡面，好叫我能長出從祢而來的智慧，在凡事上看得更精準、更明白。

我主我的神，謝謝祢、讚美祢！

Day 3 平安的信實

「耶和華說：我知道我向你們所懷的意念，是賜平安的意念，不是降災禍的意念，要叫你們末後有指望。你們要呼求我，禱告我，我就應允你們。你們尋求我，若專心尋求我，就必尋見。」
耶利米書二十九：11-13

先知耶利米勸告那被擄到巴比倫的百姓，儘管身處在敵人的國境——巴比倫裡，也要尋找到神。過去，以色列人聲稱惟有在耶路撒冷的聖殿裡才可以與神相遇，但神的應許卻在此時賜下，祂提到向人們所懷的意念是平安的意念，所以無論在哪裡，平安都必定要歸到屬神子民的生命中。

那麼，家人們，此刻的你心中是否擁有平安的意念呢？

神渴望我們知道，並非一定要在什麼地方才能夠敬拜神，或是要倚靠哪位知名講員的信息，才能讓你有平安；乃是要相信，無論身在何方，你都可以從神獲得平安，都可以明白神與你同在。

經文裡又講到，「若專心尋求我，就必尋見」，神的心意是要我們全心全意、專心尋求祂，就必定尋得見，祂告訴我們，凡是呼求祂、禱告祂，祂就會應允我們。家人們，我們相信天父是信實的神，也要相信，祂的話語在你生命當中也必定會信實不變。當神對我們忠誠，我們也可以向祂表明心中對祂的絕對與忠心，這就是「專心尋求祂」。

無論在風浪或任何時候裡，都可以專心尋求祂，這就是對祂忠誠的表現。也許生命之中有信不足的時候，就來向神禱告，請求祂加添力量。

如果在生活中突然發生什麼意外事件，也許你會覺得是不是自己又犯了什麼錯，或者真是倒楣、不幸到了極點？家人們，我要說，我們都已經成為神的兒女了，要破除這一切的謊言！要打從心裡相信，不論現在你面對的是什麼環境，祂絕不是降災禍的神，乃是要叫我們末後有指望的主！

我想邀請你，在每天早上起床後，就開始向信實的主宣告：「神的話語一句都不落空，並且要發生在我的生命當中！」常常我們很容易為別人、為家庭禱告，卻很少為自己禱告。鼓勵你從這一周開始，每天一起床就開口為自己的生命能領受神的「信實」來宣告。

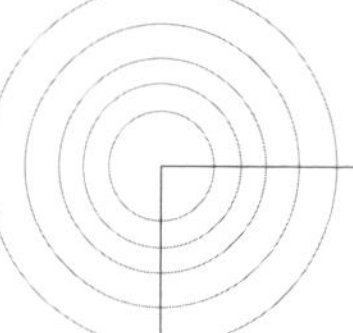

為自己禱告

阿爸父，謝謝祢將獨生愛子耶穌基督賜給我，謝謝祢讓我領受耶穌的愛，真知道祂的愛對我不離不棄，更是如此盡心、盡忠的熱情。

當我們正走在這條向來沒有人走過的路時，可能會覺得祢為什麼不保護我？為什麼祢不把環境顯明出來？祢真的在嗎？在我開始埋怨或以為看不見祢的時候，求祢把「專心」賜給我，讓我能向祢表明忠誠，全心相信祢是以信實待我的神！

我禱告，讓信實成為我的體質，不單是祢對我忠誠，更讓我在與人的關係裡也能進入忠心與誠實。求祢賜給我鴿子眼，能夠專心愛祢，在任何環境裡，單單注視祢。

求主聖靈提醒我，每天都要宣告：我的心要一天新似一天，每早晨都是新的，祢在我生命當中的應許永不落空，祢要帶領我進入豐盛，帶領我經歷祢更深的同在及祢奇妙的作為，祝福我手裡所做的工作，不但盡都順利，也讓我能夠跨出去，成為祝福流通的管道！謝謝祢垂聽我在祢面前的禱告，奉靠耶穌基督的聖名！

Day 4 祂不離不棄

「你們所遇見的試探，無非是人所能受的。神是信實的，必不叫你們受試探過於所能受的；在受試探的時候，總要給你們開一條出路，叫你們能忍受得住。」
哥林多前書十：13

生命之中，有沒有你想要選擇「放棄」或「離開」的時候呢？這個「離開」，可能是工作，也或者是關係。如果此刻的你，正在面臨這樣的狀況，我感覺神要你「慢一點」，神正在做一個轉換，你需要明白一件事，不要讓自己因為無助感而選擇離開。我要奉耶穌基督的名，求主賜下信心的膏油膏在你裡面，神要將信心賜給你，讓你開始更多明白神在這個季節與環境裡，到底要學習什麼。

現在正是我們要認識神的「信實」的時候。未來的日子裡，會有很多的震動，而神的國必定會介入其中，救恩也將如明燈發亮，但重要的是，神兒女要更多認識神，當我們更認識祂的屬性，就算遇到任何震動或艱難，都能夠深信祂對我們不離也不棄。

在哥林多前書第十章第 13 節裡，保羅提醒著哥林多教會，這是擁有許多恩賜的教會，但也因著恩賜而出現混亂；經文背景是哥林多教會的基督徒們開始自以為義，保羅便提醒他們不要以為自己夠堅定了，應當要開始謹慎，要以約書亞帶領以色列人爭戰為鑒，第一場仗雖然打勝，但在第二場艾城的戰役裡卻落敗，儘管艾城如此小，卻因著他們自以為義、一不留意就落敗了。

所以保羅提醒著神兒女：「**你們所遇見的試探，無非是人所能受的。**」你要留意，現在神所量給你的環境，必定是你可以承受的，重要的是，你要起來、要起來！這是你興起的日子，要相信祂是要把平安給你，不是要降災禍給你，因此你更要起來轉向祂。

「試煉」與「試探」只是一線之間，「試煉」是從神而來，然而「試探」卻是從魔鬼而來。重要的是在這當中，你必須甦醒過來，看見並相信神的信實，祂總以信實對待你我，而且永不改變。

當你在受試探或面對難處時，不要老覺得神關門了，而是要轉念看見，祂是為你引導引路的神。讓我們開始來學習，每一天都來跟神說：「上帝，我相信祢！我相信今天必有美好的事發生！」現在開始每天都跟神宣告：「耶穌！我每天都有新事發生！我相信必有美事要發生在我的生命裡！」

哥林多教會過去勝過了試探，並不是因為他們很有能力、很強大；人若能經歷得勝，乃是出於神的厚恩，祂以厚恩恩待我們。求神幫助我們更深認識祂的信實，或許你現在正面臨試探、苦難或環境上的難處，儘管你的生命曾被偷竊、殺害、毀壞，神都要為你開出一條路，祂必定為你開道路！

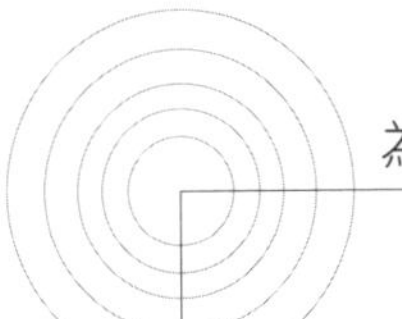

為自己禱告

我主我的神，謝謝祢、讚美祢！謝謝主耶穌，總是以厚恩待我，祢是好神，是那常常與我同在、隨時幫助的好神！

主聖靈，求祢再來幫助、帶領我，我要宣告每一天都是新的！在我面臨苦楚與難處時，祢必會為我開一條道路，為我開一條新路！神啊！願祢更加興旺，讓我更加衰微，讓祢更多被高舉，而我更多的伏低，讓我不要自以為義，以為自己已經夠強大了，乃是要小心謹慎，讓我的眼目常常定睛在祢施恩座前。

我主我的神，謝謝祢、讚美祢！

Day 5 祂仍是可信

「我們縱然失信，祂仍是可信的，因為祂不能背乎自己。」
提摩太後書二：13

當我們談到「信實」，也談到神對我們何等忠誠時，求神幫助我們面對一件事。家人們，你是否曾經擁有從父母而來的「失信」經驗？小時候，爸爸、媽媽曾答應要帶你去哪裡玩，可能他們忘記了，也或者有其他外務加入，以至於他們最後失信了；所以讓孩子們的心裡對於父母答應的事情總會出現失望，很難再相信他們的承諾。

家人們，當你心中一直帶著對父母親的信用打折扣的經驗，可能也因此無法與父母有良好的關係，也有可能會影響你現在面對其他權柄的關係。也許你心中的印象是父母太忙以至於疏忽、遺忘了你，所以現在你心中也會覺得權柄們總是會很忙碌，並且也不會重視、關注你的需要。家人們，我必須告訴你，這是一種孤兒的心態。

如果在年幼時曾遇過上述的經歷，我禱告求神在此刻將信心再次放回你裡面；現在就開始來祝福你自己，把所有的心思意念都交還給神，求神把更深的愛放回你裡面。任何人都有可能會對我們失信，然而「祂仍是可信的」，因著我們相信神，更深倚靠祂，我們也可以因此信任與倚靠祂所量給我們的權柄。

今天，我想邀請你來面對在家庭裡需要「饒恕」的事件。我們內心能有「信實」與「忠誠」，是因為心裡已不再有任何的黑暗與嘀咕，而這需要藉由不斷饒恕包括家人在內的人們，曾經讓我們受傷的事。若你可以在家庭裡學習饒恕與祝福，在任何地方、任何光景之下，都足能得勝。求神光照你，若是你需要去和家裡的哪一個人尋求和睦，我鼓勵你一定要去做。

當我們宣告神是信實的時候，也要完全相信聖經裡的這句話：「我和我家必定事奉耶和華」（參考，約書亞記二十：15）必定會臨到你我的家中。讓我們奉主的名開口為自己的家庭來宣告：神必定要在我們家中做新事！我和我家必定事奉耶和華！

深信神要得著我們每一個人的家。今天特別想要為一些家人們的親子關係禱告：你的孩子可能脫離了正軌，正面臨到一些不容易的事情，可能是上癮行為或交到壞朋友，我鼓勵你要常常拿著神的話語，常常宣告與祝福你的孩子。特別在面對青少年時，重要的是要常常為他祝福，讓我們的心全然相信神，相信孩子是神所賜給我們的產業，把孩子交還給神，讓你們的關係能夠經歷神的得勝！

為自己禱告

懇求施恩的主再次賜下憐憫！我也許無法明白為什麼爸爸、媽媽在我年幼時會如此對待我；但此時，我定意要「饒恕」，饒恕過去他們曾答應卻又無法做到的事。求主釋放極深的愛來環繞我，挪走我心裡的失望與憤怒，讓我不但可以饒恕，更可以祝福我的家人，好讓我的家庭開始能夠改變。

阿爸父，謝謝祢賜下愛子耶穌基督，把我們都挽回在祢家中，但我的心不滿足，相信祢的心也不滿足，所以我要為著我家中還沒有認識主的家人禱告，再次將

（提名家中未信主的家人）

____

交還在祢施恩座前，我禱告祢要持續在我家做新事，我和我家必定事奉耶和華！祢是以信實待我的神，祢的話語也永不落空，相信祢在我家裡做的，要比過去還大！祢要在我家做奇妙的工作！

我主我的神，謝謝祢、讚美祢！

Day 6 所信的是誰

「也要堅守我們所承認的指望，不至搖動，因為那應許我們的是信實的。」
希伯來書十：23

家人們，今天一開始，想要和你一起宣告：耶和華就是我們的牧者！我們必不致缺乏。當我們每天持續宣告這件事，就必能見到信實的主成為我們的供應，成為我們隨時的幫助。

這一周即將過去，也許在一眨眼或不注意時，你的心失去了對神的信心，不要灰心，祂永遠信實也樂意賜下信心的膏油來膏抹我們。我也想要為著正處在疾病困擾中的家人來禱告，鼓勵你開始更多的向神獻上感謝，當我們更多宣告與感謝時，信心就能夠更多提升，更能真實看見所相信的這位信實主，祂的話語一句都不落空。

在希伯來書第十章第 23 節裡提到，我們需要「堅守我們所承認的指望」。那麼「我們所承認的」是什麼？耶穌基督來到世上，使我們與祂建立美好的關係，因著祂是完美的大祭司，祂以自己為祭獻上，使我們得以與神和好，並且合而為一。這就是我們信仰的根基。

耶穌基督為我們付上的代價，使我們得以經歷且相信祂就是復活的主。因著祂的復活與永在，使我們能擁有堅定不移的盼望，在祂句句真實、並不落空的應許中，堅定盼望與相信：神必為我們成就一切。我們的信心之所以可以堅持到底，乃是因著祂的信實，使我們得以不輟的行走下去。

讓我們再來禱告，向神說：「我們相信祢所做成的工作！」願主再來幫助我們，相信祂就是那對我們無比忠心的神，而我們也要對祂忠心。家人們，不要忘記幾天前曾提過的，「信實」的原文意涵著「忠誠」，這一位神對我們何等忠誠！而我們能拿什麼來回報祂的忠誠與愛呢？

求神幫助我們能有堅定的指望。若在此刻，你仍然在對環境埋怨，又如何能擁有堅定的指望？除非現在就開始，停止口中所出的一切埋怨，停止讓眼目只定睛在環境上而不斷說出喪氣的言語。最重要的是，現在就起來向著環境發命令，要起來宣告，單單把一切環境都交還給神。

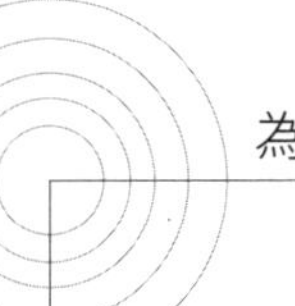

為自己禱告

我主我的神，在我缺乏信心的時候，懇求主將那施恩座前信心的膏抹膏在我裡面，幫助我能夠更深、更深、更深的享受祢的同在，在每一次信心開始軟弱時，願主聖靈來提醒，我必定能夠見著祢的面，經歷祢奇妙的作為。

求聖靈再來幫助我，若是在職場裡面臨挑戰想要退縮的時候；在疾病裡甚至是小感冒都可能感到無助、害怕的時候，幫助我能夠看見在任何震動中，祢都對我忠心不改，祢就是那信實不變的主！幫助我在那受逼迫的日子裡，仍然可以剛強站立！

當我行走在這條向來沒有人走過的路時，求祢使我能有信心堅持到底，惟我深知所信的是誰，也真實知道我能擁有的盼望是在於復活的主。求祢再向我吹氣！讓我的生命裡也能長出對祢的信實與忠誠。

我主我的神，謝謝祢、讚美祢！

Day 7 祂永遠長存

「耶和華本為善，在患難的日子為人的保障，並且認得那些投靠祂的人。」
那鴻書一：7

在本周的最後一天，想要邀請家人們為自己的國家和列國禱告。在那鴻書第一章第 7 節的背景，神興起那鴻先知向猶大國表明：在國家危急之際，面對敵國所設的計謀與審判之時，神必然會施行拯救。我們心裡一定要有這樣的盼望：「耶和華本為善，在患難的日子為人的保障」。因此，在患難中，耶和華也要成為列國的保障，並且祂認得那些投靠祂的人，願平安要真實臨到列國！

在以賽亞書第五十七章第 15 節裡說：「因為那至高至上、永遠長存、名為聖者的如此說：『我住在至高至聖的所在，也與心靈痛悔、謙卑的人同居；要使謙卑人的靈甦醒，也使痛悔人的心甦醒。」在這段經文當時的背景裡，人們以為一生中只要能夠到達耶路撒冷就可以此生無憾，或是能夠看見先知預言成就，一生就已足夠；然而當時的耶路撒冷其實是一片淒涼、生活毫無盼望，於是人們便開始回到從前的敗壞裡，不論是拜偶像，或開始行淫、行巫術與巫毒。

然而，至高的聖者卻應許要向那心靈痛悔、謙卑的人一同居住。今日的我們，在面對國家或列國間令人憂心的局勢時，求神讓那憂傷痛悔的心、謙卑悔改的靈先臨到我們，高舉「那至高至上、永遠長存、名為聖者的」，祂應許就必與我們同住，並且在當中掌權作王。

在禱告中，我感覺到接下來我們都將面臨到一些挑戰，特別當世界進入「泛自由」的意識型態，人心裡處處期望能夠「做自己」，而基督徒在世界中將會特別受到逼迫；教會在此時更需要預備好，未來會有更多地上的法案開始逼迫教會，我們需要剛強站立，渴望神將信心賜下，讓我們能更深經歷祂奇妙的作為。

家人們，當我們不斷談到「信實」，也更認識了神對我們的忠心不渝，就要開始了解、滿足祂的心，祂何等渴盼那流浪的羊能夠回家，有九十九隻羊已經回家了，但只要還有一隻還在外流浪，祂的心就無法滿足。

今天，我想邀請神啟示你一個特定的國家或地區，並且固定為這地方有更多人能夠認識並且得著神的救恩來禱告。求神在你心中放下對這個國家或地區的負擔，不單是今天，更在未來的日子裡，讓你能夠常常為這個國家或地區來祝福。

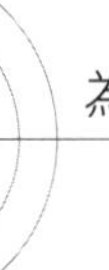

為自己禱告

阿爸父，我要向祢來呼求，在患難、震動的日子裡，祢就是列國的保障！禱告祢的平安與喜樂要充滿列國，並在列國裡賜下祢的心意，求祢持續對著列國來發命令，讓列國都能興起回應祢的愛！

我要代表我所居住的國家、地土來向祢呼求，求主赦免並降下悔改的靈，我們得罪祢、悖逆祢，求祢施恩憐憫！讓我拿著祢所賜的禱告權柄，奉耶穌基督的名來宣告：這是祢釋放榮耀的日子！祢就是那至高至上且永遠與我們同在的神！求祢把憂傷痛悔的心臨到我們，讓我的國家甦醒過來，讓主在我的國家掌權作王！

主啊！當我面臨逼迫時可能會軟弱，求聖靈訓練我得以將信心堅持到底，在任何風浪裡，幫助我先學習調轉自己的眼目，以至於在大逼迫來臨時，仍然可以承認：祢就是我的救主，祢就是我的唯一。

求主把對列國的負擔賜給我，開啟一個國家或地區給我，讓我能夠藉著對這地方的祝福，更深明白祢的心意，讓我能更深的愛祢。謝謝祢的同在！謝謝祢垂聽我的禱告，奉靠耶穌基督的聖名，阿們！

留下你想和神說的話：

剛強壯膽

我豈沒有吩咐你嗎？
你當剛強壯膽！
不要懼怕，也不要驚惶，
因為你無論往哪裡去，
耶和華你的神必與你同在。

約書亞記一：9

Start Up

1. 最近的生命當中，你是否面臨失望，或與人出現嫌隙及被冒犯，導致你每想起這些人、事、物，就令你憂心或懼怕？將這些事情對神述說。

2. 這些事情使你相信了什麼謊言？同意了什麼話與進到我的信念中？

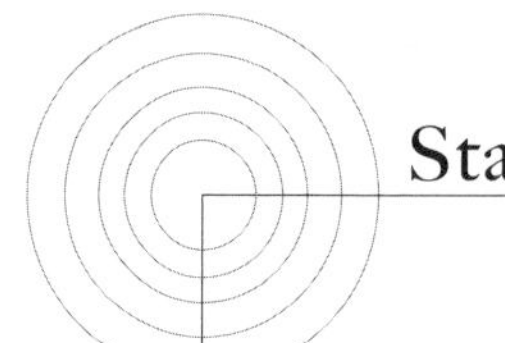

Start Up

3. 問問天父，祂在這些事情上想對我說的是什麼？

4. 領受一句天父要對我說的話並宣告出來。

Day | 兒子的剛強

「我豈沒有吩咐你嗎？你當剛強壯膽！不要懼怕，也不要驚惶，因為你無論往哪裡去，耶和華你的神必與你同在。」
約書亞記一：9

上一周談到神的「信實」時，我感受到神要我們大大去經歷祂話語裡的能力，祂是說有就有、命立就立的神。而這一周，神要讓我們進入「剛強壯膽」裡，聖靈要帶領我們學習在任何事上，都因著信靠祂而開始能夠剛強壯膽。

約書亞記裡的這段經文對我一直有非常大的幫助，因為我的英文名字叫 Jushia，從我認識神至今的很多年裡，常常有牧者為我禱告時都提到「剛強壯膽」。這裡記載著上帝呼召約書亞成為摩西的接棒者，當他承接起這一棒時，內心是十分恐懼戰兢的，許多責任與壓力也同時臨到，而神卻三番兩次告訴約書亞：「當剛強壯膽！不要懼怕」，因為「耶和華你的神必與你同在」！

家人們，青年約書亞所承接的重責大任，是要帶領以色列百姓進入迦南，而進到迦南後，爭戰又隨即開始，這個使命不僅不容易，也更面臨了許多挫折。然而神卻讓約書亞在每一次挑戰與挫敗裡，持續經歷到祂的信實，神在約書亞的生命中製作了「信靠」，使他能生出「剛強壯膽」的心，並有信心得知祂與他同在。

我感受到神要讓我們開始「剛強壯膽」。我們當中有一些人，你是被神呼召的，此刻你正要跨越出去進行一些事工，然而你裡面或許也正如當年的約書亞，感到害怕，甚至不知現在所走的路是否正確。我要鼓勵你，神要你剛強壯膽，不要懼怕也不要驚惶，因為你無論往哪裡去，耶和華你的神必與你同在！

此時此刻，神要把「剛強壯膽」這四個字刻在我們的心版上，好讓我們真知道祂必與我們同在，神必定與我們同在！家人們，祂的話語既然一句都不落空，祂必定與你同在，那麼你我還懼怕什麼呢？禱告求神把剛強壯膽的心放回我們裡面，並且挪走那心中的懼怕；也求神幫助我們更經歷祂奇妙的作為，經歷聖靈那愛的觸摸與同在，好叫我們藉著神的靈，得以剛強站立在神面前。

家人們，接下來，我要鼓勵你做一件事情，就是要特別注意那些會讓你害怕的人或事，每當你莫名害怕時，不但要命令那懼怕的權勢離開，更邀請你再次將生命的主權交給神，並且再次宣告自己是屬耶穌的。當你持續宣告，神就會讓神兒子的身分更真實的在你生命中生根，你真知道自己是神兒女，便有能力去面對一切所懼怕的。

為自己禱告

主聖靈，向祢呼求帶領我進入水深之處，在這一周裡，求祢把剛強壯膽的心賜給我，當面臨挑戰時，挪走我裡面的驚惶與懼怕，奉主耶穌基督的名，命令一切懼怕的權勢從我心中完全離開！命令一切驚恐、驚嚇完全離開！藉著祢的靈，叫我們心裡的力量剛強起來！

主聖靈來充滿我、充滿我，再用祢的同在來證明，讓我真知道祢就是我的大牧者！我向祢禱告，恢復與揭開我是祢兒子位分的奧祕，當我起來宣告與趕除時，帶領我進到父的家中；求阿爸父再次保抱我，讓我更深的愛祢。

求主聖靈帶領我在接下來這一周裡，常常感受到祢的愛，每次呼求祢，祢就應允我。我主我的神，謝謝祢、讚美祢！

Day 2 剛強的武器

「凡以感謝獻上為祭的便是榮耀我；那按正路而行的，我必使他得著我的救恩。」
詩篇五十：23

家人們，我需要常常提醒大家，接下來的日子裡列國屬靈上空非常混濁，有烏雲一直要進來，但神的光卻持續閃爍照耀。未來，情緒或情感的攪擾是我們要特別留意的，人們常會莫名憂慮或過度擔心，情緒起伏非常大。

這是我們爭戰的日子。很多人會在同個事件裡打轉、走不出來，很重要的是，不要讓自己在這屬土、罪惡的世界裡打轉，正如屬靈中烏雲企圖侵入，但我們要格外留意自己注視的是誰，要看見神的大光在靈界持續閃爍照耀。我們要透過與神同在的時刻，求神的靈叫我們心裡的力量剛強起來，求神為我們戴上救恩的頭盔，好在心思意念的戰場上經歷得勝。

若你常感到心裡糾結，鼓勵你要常常開口說方言及感謝神，每當遇到艱難，就來感謝神。詩篇第五十篇第 23 節的經文就是得勝的祕訣，開口感謝會讓救恩的道路不斷開展，我常稱它作「哈雷路亞高速公路」，神從施恩寶座下來搭救我們，祂突破障礙、穿山越嶺來與你我面見，因此不要再企圖靠著自己獨自奮鬥。

家人們，「剛強壯膽」的日子正是訓練的日子。神正要興起你、祂渴望與你同行，當風浪愈大，愈要感謝主，因為真實知道祂與你同在，神愛你，祂要讓你參與在祂美好的策略與計畫中，更要把你推進祂的懷裡。

若是你的情緒常如曲線般高低起伏，或許也需要注意自己是否已進入自義卻不自知，常以為自己是對的，但卻沒有在對的次序裡。我感覺到我們當中有一些人在職場或事奉當中，要特別留意「自以為義」或總覺得「我才是對的」的心態，也有些人可能一直在換工作或換教會、小組，你的心無法定下來，每當神要送你進入較核心的狀態時，你就會想要逃跑。

我們都需要求聖靈來光照，在對付生命時，神若出手管教，是會經歷疼痛與不舒服；然而只要你願意剛強壯膽地向神說：「求主赦免我這個罪人，轉換我的心思意念。」你的生命將會進入很大的跨越。

在保羅宣教的腳蹤裡，他持續向哥林多教會、以弗所教會提到異端與邪教的出現，會造成人心被迷惑，愈到末世，人們更常會因自以為義而失去方向；這也有因為曾在神家中或從權柄而來的傷害，始終沒有獲得醫治的緣故。鼓勵家人們要常常禱告求聖靈光照，讓你敏感於神的帶領，當聖靈大光照進來，一切黑暗就要離開，光進來，健康也就進來了！

為自己禱告

阿爸父，謝謝祢如此愛我，把我從這屬土的世界、罪惡的深淵拉拔出來！我要再次奉耶穌基督的名命令在我生命當中一切的恐懼、過度的擔憂、莫名其妙進入驚恐與驚嚇裡，命令一切邪靈、污鬼，現在、立刻、完全離開！

求主釋放祢榮耀的煙雲，帶領我進入祢的同在裡，在面對爭戰時，真知道祢是得勝的神，只有一轉向祢，我就能得勝，我要經歷全然的恢復！幫助我的心再次向祢打開，向祢說出我的軟弱，求主拆毀我在人前一切的面具，讓我的靈甦醒過來，奉耶穌基督的名宣告：光進來，健康就進來！我主我的神，謝謝祢、讚美祢！

Day 3 愛得勝一切

「因為神賜給我們，不是膽怯的心，乃是剛強、仁愛、謹守的心。」
提摩太後書一：7

要讓生命「剛強壯膽」，也就是當我們願意在凡事上勇敢承認自己心中隱情的時候。許多時候我們不願意承認生命裡的一些經歷與軟弱，耽心一旦被揭露，就如同衣服突然被扯開般的赤裸羞愧。然而，神滿有憐憫與慈愛，祂一直在等著我們的心回家。

有很多神兒女會受到世上文化與風俗的渲染與影響，開始遠離神；也有人如同以賽亞書所說，光有敬虔的外貌，但心卻離道甚遠。之所以如此，乃是因為心在軟弱中膽怯了。所以在提摩太後書第一章第 7 節裡，保羅提醒著提摩太，也同時告訴現今的我們，要擁有真實的信心，並要常常回到神起初愛我們的源頭。

自始至終，神並沒有把膽怯的心給我們，祂所賜的乃是「剛強、仁愛、謹守的心」。「剛強」在原文裡是「有力量」、「有能力」的意思，這在於你知道自己的身分是神的兒子，你會有能力帶下屬靈的轉換。而「仁愛」在原文裡指的是「Agape 的愛」，是從神而來、超越世上一切人的愛；又如同路加福音第十五章裡提到父親願意花盡所有來讓小兒子浪子回頭，更願意傾心相待與愛護那雖在身邊、卻不明白他心意的大兒子。家人們，無論大兒子、小兒子，這位父親一直在等待，求聖靈讓我們更深明白這樣的愛。而「謹守」的心，指的就是「節制」，因此得以在生活中為主作美好的見證。

讓我們敏銳於聖靈的帶領，敏銳於生活當中神所做的奇妙，一起開口來求神把「剛強」、「仁愛」、「謹守」的心賜下，讓我們能跨越自己裡面那屬土的性情，更深明白主的心意。

當我在為此禱告時，我感覺到這是硬土已鬆的時刻，我們當中若有些人過去曾在教會裡受傷，或曾經經歷到傳福音的挫敗，求神把剛強壯膽的心志賜給你，讓你的能力被重新恢復。重要的是，你要與神一起面對內心的失望，要脫離一切過去帶來的所有桎梏。

家人們，接下來要持續操練「向人坦承」。我們若是做錯了，就勇敢承認錯誤、不再隱藏，或是當有人講到我們裡面的狀況時，可以先安靜下來，在心裡好好思想、咀嚼，懇求聖靈光照我們，也不再以反駁來回應。求主幫助，當神透過這些人事物來提醒我們時，可以剛強壯膽，甚至能夠陳明出自己的無助與軟弱。

為自己禱告

阿爸父，謝謝祢，祢總對我不離不棄。祢給我的不是膽怯的心，懇求祢，帶領我進入祢更深的愛裡。

在面對逼迫或世俗流行文化的影響下，我也許會在其中迷失、無所適從，求主聖靈把剛強、仁愛、謹守的心給我，讓我能夠更深明白天父的心意，好讓我能進入得勝。

當我還作罪人時，祢愛我的心就已顯明；我的心如今擁有祢的愛，就沒有什麼好懼怕的。求主光照我，過去在什麼事情走錯了：

____

____

____

____

求主幫助我能夠順服，向祢陳明裡面的軟弱，也可以向人道歉。願在未來的日子裡，我能夠更深愛祢。謝謝祢的同在，垂聽我的禱告，奉靠耶穌基督的聖名，阿們！

Day 4 剛強大丈夫

「你們務要儆醒，在真道上站立得穩，要作大丈夫，要剛強。」
哥林多前書十六：13

昨天談到神要挪走我們裡面的難處，因為祂不是賜給我們膽怯的心，乃是把剛強、仁愛、謹守的心賜下。而在哥林多前書第十六章第 13 節裡，保羅勸勉著哥林多教會的神兒女，同時也勸勉著我們。

哥林多教會其實擁有非常多的豐盛，很多恩賜、能力與財富，但卻失去了次序，甚至進入混亂裡。保羅在這裡所說的「要剛強」，並不是指對待弟兄姊妹的態度，乃是要向著撒旦魔鬼，向著那讓你一直連於分別善惡樹上的黑暗權勢。

經文裡提到的「大丈夫」，在原文裡是指「勇敢、心智長大與成熟的人」。家人們，要做大丈夫！讓我們可以學習「在真道上站立得穩」，要剛強！以儆醒的心來面對世界的混亂，在真理中永不妥協，不要因為人情包袱或企圖迎合人而改變，因著敬畏的心，必定能夠長出成熟的生命。

若是你的事奉、工作或在教會裡，正面臨到一些是是非非，那從批評論斷所帶出來的都是污穢，在屬靈裡正是一種巫術，這樣的現象很容易不斷傳播與擴散。面對這巫術的大染缸，我們需要剛強起來，不隨從這些渲染持續傳播，而是要儆醒，要在真道上站立得穩。

當約書亞帶領以色列百姓進入迦南美地時，是需要爭戰的，其中所面對的堅固營壘很多，所以約書亞滿懷懼怕，但神卻一直告訴他：不要怕、不要怕！無論往哪裡去，神必同在。神也答應我們，不論在哪裡，祂必同在！好讓我們在真道上可以站立得穩。

若是你已經進入大染缸裡，甚至受到巫術權勢的影響；那麼應當如何脫離呢？首先要將自己的眼目、口和心都交還給神，要常常留意自己的口，並且定意要從中流出活水來。若是你發現周圍都是不斷傳舌的言語，那麼要常常把心歸還給神，讓自己得以在真道上可以站立得穩。

讓我們來操練剛強，可能環境裡有很多會讓你感到為難，特別有些人很容易冒犯或逼迫你，我鼓勵你要特別為那位讓你感到艱難的人開口祝福，並且要學習去溝通。你要剛強起來。

若是你身邊有很愛批評、論斷及講說負面話語的人，鼓勵你要做大丈夫，要勇敢的勸他不要再講了，並且要來祝福他，讓他的心不要再處在艱難裡，求神差派天使來救拔他脫離難處。讓我們一起定意成為能夠祝福他人的人。

為自己禱告

主聖靈，求祢帶領我，祢說「聖潔」就是「不一樣」，我渴望能過不一樣的生活。

求主耶穌聖潔的寶血從頭到腳、從裡到外再把我洗得乾乾淨淨，讓我更深明白祢的心意，能夠明白在現今環境裡，要作大丈夫、要剛強！幫助我不進入混亂的大染缸裡，幫助我在作決定時選擇祢、注視祢，在任何環境裡都可以剛強，不再迎合人，因為祢答應要永遠與我同在，我不需因著懼怕而妥協！

主聖靈幫助我定意學習「祝福」，祝福那讓我感覺艱難的人，也幫助我在面臨混亂環境或巫術興起時得以剛強，可以說出祢的話語，當話一說就刺入、剖開人心，當我開始祝福，一切黑暗權勢就完全離開！求祢膏抹我的口能流出活水，並如蜜一般說出滋潤人的話。

我主我的神，謝謝祢、讚美祢！

Day 5 轉換剛強系統

「神啊，祢曾試驗我們，熬煉我們，如熬煉銀子一樣。祢使我們進入網羅，把重擔放在我們的身上。祢使人坐車軋我們的頭；我們經過水火，祢卻使我們到豐富之地。」
詩篇六十六：10-12

人其實很容易感到害怕。特別在我們生命當中曾經面對過失望，或在與人出現嫌隙及被冒犯時，腦袋常常就會進入猜疑，這也容易引來過度的擔憂，讓我們進到懼怕裡。

家人們，當你在思想一件事或與某個人的關係時，是否多半會先想到最壞的情況？或是你在評估事情時，總會先以最壞的打算來思考？現在，我們需要轉換一個系統。當你選擇走上「剛強壯膽」這條路時，一定要拒絕「猜疑」這件事，因為猜疑的想法很容易讓你落入害怕裡。讓我們來禱告，求神挪走我們裡面的猜疑與懼怕，轉換我們的心思意念。

求聖靈幫助，挖深我們對神的渴慕，真知道「渴慕」並無法說有就有，需要常常為自己呼求和禱告，要求神挖深我們對祂的渴慕，使我們得以如同一棵樹栽在溪水旁，也同樣紮根在神裡面。

若是現今的環境與生活裡，你正面臨到信仰的危機，你的信心開始動搖，甚至會懷疑神是否存在，我要來為你禱告。家人們，神沒有應許天空常藍，但神卻預備了許多人成為你追求真道上的家人，最重要的是要藉著禱告來托住你、支持你，求神在任何風浪裡顯明祂就是行走在風浪之上的主，讓每位家人都能經歷到祂奇妙的作為。

也許此刻你正在經歷如同詩篇第六十六篇第 10 到 12 節所說，你正在面對一些網羅，甚至有人坐車要軋你的頭，但要把這句經文放在心上：「**我們經過水火，祢卻使我們到豐富之地。**」

我鼓勵你要常常宣告：「神的旨意必要成就在我的生命中，神的榮耀要充滿在我所擔心的這件事情裡！」藉著神的靈，必能叫我們心裡的力量剛強起來。

為自己禱告

阿爸父，感謝祢、讚美祢，總是將那上好的恩典與恩福臨到我的生命中！

感謝祢與我同在，求祢挪走我心中的猜疑，常常不自覺就走進自己的想法裡；這一切的害怕與恐懼，藉著猜疑造成的過度擔心，甚至自己嚇自己的情境，奉耶穌基督的名命令所有的環境、眼目都要完全轉向，讓我的心全然歸祢，單單享受祢的同在。求祢厲害的吸引，好叫我能快跑跟隨祢！

求主幫助我在凡事上都能常常回到祢裡面，單單注視著祢，挖深我對祢的渴慕，主啊！我屬我的良人，我的良人也戀慕我，禱告那樣的戀慕、與祢之間真實的親密關係，要持續在我生命中發生。

有時候，在風浪中我幾近走不下去，甚至會懷疑祢到底存不存在，這時，求主幫助我能更深經歷祢，帶領我往前走，求祢從施恩座前釋放極大的愛的膏油，現在就膏抹在我的生命當中。

我主我的神，感謝祢、讚美祢！

Day 6 讓我更像祂

「惡人雖無人追趕也逃跑；義人卻膽壯像獅子。」
箴言二十八：1

家人們，如何能進入「剛強壯膽」？重要的是我們要學習神的道路。在這段經文中提到：「**惡人雖無人追趕也逃跑**」，你知道惡人為什麼會逃跑嗎？不知道你是否有過這樣的經歷，如果你做錯了什麼事，剛巧有人來詢問你這件事，心臟就會緊張得跳不停；或者當有人在議論你心中所害怕的那個罪時，就算不是在講你，你恐怕也會想要趕快逃離談論的現場。就算無人追趕，惡人也會嚇得逃跑，那是因為他沒有在律法與次序裡，他走偏、失去了準則，內心就會不自覺的害怕起來。這就是經文裡惡人的心境。

為什麼惡人如此恐懼害怕，而義人卻能滿有信心？所謂「義人」，就是活得像神的人，讓我們共勉要活得像祂！義人正活在神所創造的次序及祂做事的法則裡，他的生命常與生命樹相連、充滿神的話，就能經歷到「**膽壯像獅子**」。所以，我們要成為箭袋充滿的人，讓神的話成為我們隨時的幫助。

幾周前，我在開車時因為一時不留神，在不該迴轉處轉了彎，於是被警察開了罰單。此後，我就常提醒自己，就算小事上也要活得像神，要常常學習耶穌的樣式；我常笑說：「小心有針孔」，不要以為有什麼事是神不知道的，其實祂無所不在，也無所不知。

求聖靈幫助我們能連於生命樹，好叫我們得以「剛強壯膽」，並且要膽壯如獅子一般。家人們！這是猶大獅子興起的日子，這是猶大獅子要開始吼叫的季節，也意謂著我們要開始得勝了，縱使此刻在軟弱中，仍然相信神的國必在榮中降臨到我們的生命裡。求聖靈幫助我們剛強壯膽，無時無刻不連於神，以至於可以經歷得勝。

仍然要提醒大家，進入「剛強壯膽」最重要的是你我都要知道自己是神的兒子，而我們所信的這位神已經戰勝了陰間權勢，並且勝了又勝，因著祂得勝，我們也要得勝！在凡事上知道你所信靠的是這位得勝的君王，終其一生、任何風浪裡，祂都掌王權、居首位。

這一周即將結束。我求聖靈不斷在生活中提醒我們關於「次序」這兩個字，凡事都要思想自己有沒有走在神正確的次序裡？若你行在對的次序裡，必定能夠膽壯像獅子。

若是過去你好像始終處在混亂裡，求神在風浪與環境中，讓你看見對的次序，相信當你進入對的次序時，神蹟奇事就會臨到你身上了。現在起，每天都為自己來禱告，求神讓你有分辨力與從神而來的敏感度，能夠知道自己是否有行走在神所定的正確次序裡。

為自己禱告

主耶穌，我要向祢呼求，我真的需要祢！若是沒有活在對的次序和祢旨意中，我必定會感到懼怕，求主再次將我的心奪回，讓我更深明白祢的旨意，帶領我單單歸給祢。

若是我們的心偏了，腦袋裡的心思意念偏向惡的捷徑上走，求主聖靈提醒我能回到神面前裡，好叫我能夠不失足跌倒，在面臨選擇時能知道祢的旨意，好叫我能使神的心滿足。

求祢再次將我保抱懷搋，讓我能夠安靜在祢的心意裡，持續行走在對的道路上；願祢更深的愛臨到，並從施恩座前釋放祢的榮耀臨到我的生命當中！

我主我的神，感謝祢、讚美祢！將一切頌讚、榮耀、愛戴歸在祢至高的寶座上，禱告奉靠耶穌基督的聖名！阿們！

Day 7 因信得剛強

「亞伯拉罕因著信，蒙召的時候就遵命出去，往將來要得為業的地方去；出去的時候，還不知往哪裡去。」
希伯來書十一：8

在一次服事中，我領受到了神所賜下令人興奮的啟示，讓我也更深明白「神同在」的意義。

家人們，在你心裡最大的神蹟是什麼呢？每個人或者對神蹟會有不同的想法。然而世界上許多人都在等候大神蹟發生，期待著驚喜出現或是轟轟烈烈的經歷。那天，上帝告訴了我，當人們都在追求大神蹟時，其實神早已放在我們生命裡一個最大的神蹟——「平安」。當人心中有平安時，無論面見什麼風浪，內心便不再波濤洶湧，眼目也不會只定睛注視在環境的艱難上。

從那天起，我就持續留意是否有平安在我心中。基督徒日常招呼語常常是「平安」，耶穌復活後回到世上，所帶給人的第一句祝福也是：「願你們平安」（路加福音二十四：36）。在這周的最後一天，我向神禱告，願我們每一個人都能帶著「平安」——這最大的神蹟，以剛強壯膽的心向前行。

希伯來書第十一章第 8 節裡，提到了我們這位老朋友——亞伯拉罕，他決定離開本地、本族與父家吾珥時，其實也帶著對神的信心及剛強壯膽的勇氣遵命出去，「往將來要得為業的地方去」。也許今天的你，也正決定要從心中的吾珥出去，跨越出熟悉的環境，相信神會透過你的順服，要帶領你走進心靈的新樣。

有些家人在尋求神呼召的過程中，環境已經顯明，但內心卻始終無法跨出去。當我們說要一生跟隨主時，如何能穩健跨出跟隨祂的腳步？你需要開始在每一天裡穩定靈修尋求祂，而當神的話語出現、環境也為你開了門，你的權柄為你的禱告中也認同；確認了這三個印證後，鼓勵你就剛強壯膽的跨出去。

未來日子裡，列國間的局勢、氣候環境的變化、瘟疫疾病的出現等等，可能會讓你心感到害怕與無助，甚至連跨出家門都感到恐懼。我也要再次呼求神將剛強的心志臨到我們生命裡。在與「懼怕」爭戰時，一定要留意，牠是個權勢，你需要出來趕除這靈裡的害怕，每當愈感覺無助，便愈是要來到神面前的時候。

震動愈大，眼目就愈需要全然轉向祂。家人們，我們是有靠山的！我們擁有神那真實的膀臂可以依靠。願神的同在更厲害的吸引每一位家人，讓我們單單跟隨祂。

為自己禱告

我主我的神，感謝祢、讚美祢！謝謝祢在我心中持續的開啟，願祢啟示與智慧的靈持續充滿，讓我能更深認識祢！

願平安的王賜下屬天平安在我的生命裡！當我處在混亂的心思意念時，願祢再把平安放回到我的生命中，好讓我更深認識、明白祢的心意！

當我清楚確認祢的呼召，求主帶領我前腳跨出去後，後腳也要緊跟著行動，這是我信心跟隨祢的開始，我要奉耶穌的名宣告，在接下來的日子裡，凡祢所帶領，我就剛強壯膽跟隨，無論在任何環境裡，都要如同亞伯拉罕一樣，將自己全然獻給祢。

我主我的神，謝謝祢、讚美祢！

留下你想和神說的話：

苦盡甘來

祢使我們受苦了多少日，
求祢也使我們歡喜了多少日；
祢使我們經見了患難多少年，
求祢也使我們喜樂了多少年。

詩篇九十：15
（聖經呂振中譯本）

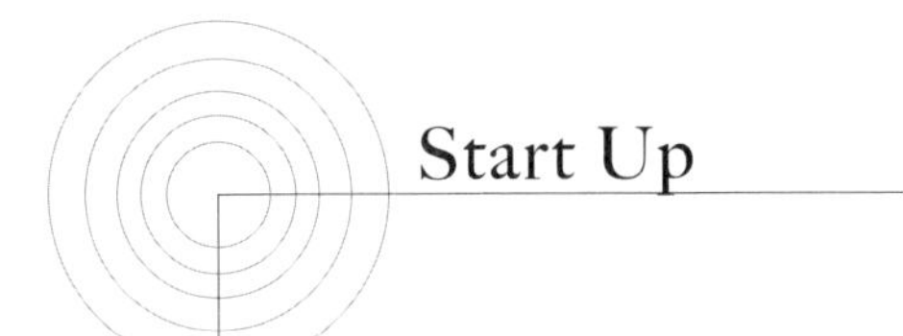

Start Up

1. 安靜下來，想想在目前的生命中，有哪些你一直想突破卻突破不了的事情。

2. 求神開啟你屬靈的視野，在靈裡看見祂所要做的奇妙。

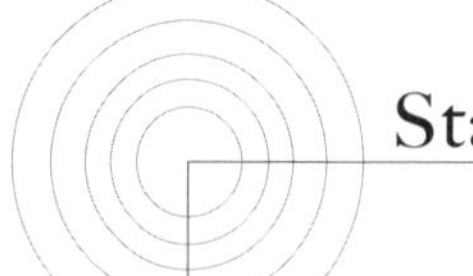

Start Up

3. 問問神，那些事是我過度的用力，而祂將要如何帶領？

4. 站在豐盛之處，領受一句天父要對我說的話並宣告出來。

Day 1 苦盡甘來了

「求祢照著祢使我們受苦的日子和我們遭難的年歲，叫我們喜樂。」
詩篇九十：15

在進入新一周的開始，你的心要開始宣告：「我是有靠山的！」上一周，神要我們「剛強壯膽」，這一周，當我在禱告和仰望時領受到：「苦盡甘來」。我禱告你目前所面對到的一切不容易，都要苦盡甘來！

詩篇第九十篇是摩西所做的詩，第 15 節的內容在聖經呂振中譯本裡是這麼說的：「祢使我們受苦了多少日，求祢也使我們歡喜了多少日；祢使我們經見了患難多少年，求祢也使我們喜樂了多少年。」神在這當中告訴我們，你曾經受苦的日子、遭難的年歲有多少，你也會經歷到多少的喜樂，也就是苦多久，就會快樂多久的意思。這意謂著在面臨苦難與風浪時，你同樣也會經歷到喜樂。然而，若是你拒絕或逃避去面對苦難，或是總是定睛在環境的艱難，心思意念始終在環境裡繞，就無法找著喜樂了。

我們要如何才能「苦盡甘來」呢？往往在經歷困苦時，才能真實明白神的心意；或者你已經苦了幾年，但神也要讓你在這困苦中開始經歷喜樂。我要奉主的名來祝福每位神兒女，要開始進入「苦盡甘來」的日子！

若是你心裡為哪件事情禱告許久，也許是和孩子的關係，或是財務上的缺口，鼓勵你現在要開始宣告：「這是苦盡甘來的日子！」求神把恩典臨到你，不再只看見缺乏與破口，乃要歡迎神的喜樂臨到，在愈艱難的日子裡，愈要歡迎神的喜樂！

摩西的詩裡說，當他帶領以色列百姓出埃及時，神未曾讓他們餓過一餐，甚至藉著雲柱、火柱來引領他們。這一生一定要牢記一件事，這位神從不撇棄你為孤兒，祂從不撇棄你，讓你孤軍爭戰。

接下來要如何行呢？我想邀請你這麼禱告，在靈裡先進到未來豐盛的想法裡，再針對此刻的缺乏與不足開口來祝福。家人們，你的家庭裡是否在哪些地方有缺乏？你的心是否在等待哪一個孩子回家？或是在兄弟姊妹當中總有衝突與不快的事發生？讓我們來禱告，這是「苦盡甘來」的日子，在家庭裡也要經歷到這樣的祝福！

鼓勵你在本周裡，常常提醒自己操練這件事，每當心思意念又開始注視到環境的艱難時，內心就開始奉耶穌基督的名來宣告：「神啊！這是我苦盡甘來的日子！這是我裡面要開始進入大喜樂的日子！」

為自己禱告

我主我的神，我感謝祢、讚美祢！

上周祢把剛強壯膽的心志賜給我，就如同摩西帶領以色列人出了埃及，並且交棒給約書亞帶領百姓們踏進迦南，我相信這也是我生命「苦盡甘來」的開始！即使面對爭戰，但我主我的神必要在我生命當中做奇妙的工作！我也要為著祢在我家庭裡做新事來感謝祢，不論在關係或財務上，祢要將豐盛臨到我家！願祢的旨意成就在我家！

奉主名宣告：未來我必要見證祢的奇妙！奉耶穌基督的名向著一切勞苦愁煩發命令，住了吧！止了吧！我主必帶領我進入豐盛的領域，即便在迦南有爭戰，但仍相信我主我神必做成美好的工作！

求主提醒我不再落入一直注視艱苦環境的心思意念裡，乃是照著那應許：求祢使我們受苦的日子、遭難的年歲，都要叫我們喜樂。我主我的神，感謝祢、讚美祢！

Day 2 肥甘的宴席

「神也必引你出離患難，進入寬闊不狹窄之地；擺在你席上的，必滿有肥甘。」
約伯記三十六：16

在宣告「苦盡甘來」的日子時，神把約伯記第三十六章第 16 節賜下。常常讀到約伯記就覺得真是苦啊！然而在這節經文裡卻有個美好的應許，奉主名來祝福大家，那「擺在你席上的，必滿有肥甘」。

你渴望能擁有「肥甘的宴席」嗎？這就是「苦盡甘來」的象徵。約伯所承受的苦難，目的是要訓練、強化他與神之間的關係，而神更在此應許，藉著苦難要帶領我們進到寬闊之地，擁有「滿有肥甘」的宴席，讓我們得以進入自由。

家人們，我們常常會說，主耶穌能夠將化咒詛為祝福，會將苦難視為化妝的祝福，然而神的心意更要藉此救人脫離一切的苦難。我們回過頭去看約伯記第三十六章第 15 節，以利戶說：「神藉著困苦救拔困苦人，趁他們受欺壓開通他們的耳朵。」重要的是在苦難時，困苦人一定要抓住神，讓聖靈來帶領我們。

「滿有肥甘」在原文裡提到就是「豐盛的日子」，豐盛即將在你我生命中開展。面對苦難時，內心必定會有爭戰，甚至可能懷疑神是否不在或是祂掩面不顧我們了，但你若在此時選擇仍然仰望信靠祂，真實相信祂所賞賜「肥甘宴席」的應許，主也必在暗中報答你。

有些家人可能為了某些事禱告許久，鼓勵你現在就轉換眼目，問問神到底要對你說什麼？到底祂要如何帶領？你需要明白，從現在開始，直到神所預備的「肥甘宴席」實現前，必定會面臨挑戰，當你無助、無力時，要馬上宣告那未來將赴的「肥甘宴席」！這就是「隨處獻祭」，隨時隨地將心思意念獻給神。

特別也要為我們個人與家庭的經濟禱告。在經濟中滿有肥甘，應是每個人心裡的呼求；神樂意將一切豐盛賞賜給你，特別在金錢財務上，但你需要明白，凡領受就要開始給，讓自己能成為天國轉運站。

當經濟窘困時，我們往往會遇到一些考驗。比如說在納稅時可能心裡會有掙扎，然而我們一定要行在光中，不要總思想著如何逃漏；也有些人在什一奉獻上有考驗，要知道神是何等記念寡婦的那兩個小錢，而瑪拉基書第三章第 7-10 節裡提到關於什一奉獻的教導，包括可以藉此試試，以明白神的作為。常常我們所緊抓著的是那十分之一，但你一定要去看見那十分之九的恩典與豐盛，才會進入滿有肥甘的生活裡。當愈缺乏時，就愈是要給予的時候，你的豐盛是在給予時出現的。奉耶穌基督的名祝福每位神兒女真實領受耶穌基督的愛，領受耶穌基督的豐盛！

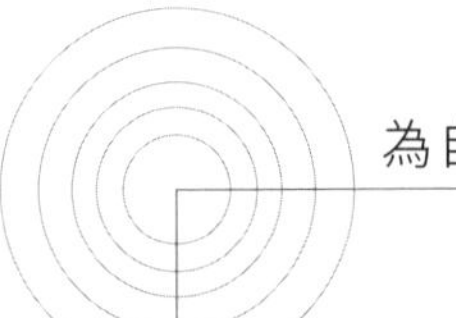

為自己禱告

天父！我感謝祢、讚美祢！真知道祢差派愛子耶穌基督來到世上，就是要引領我們進入那滿有肥甘的宴席。而我常在禱告尋求時，無法明白祢的心意，何等渴望祢賞賜我絕對的信任，使我與祢的關係更堅固。求主帶領我能明白，不是倚靠勢力、不是倚靠才能，更不是求祢挪去苦難，乃是能真實看見，在我走不下去時，祢會為我開一道門、一扇窗。當我宣告祢「肥甘宴席」的應許時，願那信心與信任能在我生命當中成長。

當對生活中的挑戰無能為力時，讓我仍然相信祢的帶領，並且知道靠著那加給我力量的，我凡事都能做！

為著我自己（或家庭）的經濟來呼求祢，讓我能有健康的心態，真知道那財務的豐盛要臨到我的生命中，教導我能節制，並且明白如何正確經營這些豐盛的收穫，知道如何妥善的給予，讓我更深明白祢的心意。

我主我的神，感謝祢、讚美祢！

Day 3 開口來宣告

「身上常帶著耶穌的死，使耶穌的生也顯明在我們身上。」
哥林多後書四：10

今天，我感覺到神要在我們生命裡的軟弱上顯為剛強，更要使祂的名因此被高舉！家人們，生命中有什麼軟弱是你渴望能夠突破的嗎？在這一周裡，讓我們來宣告那「苦盡甘來」的日子就要來到！常常把心中渴望要突破的事帶到神面前，並且宣告出你裡面的渴望。

要如何為著你裡面那渴望突破的事情禱告呢？其實很簡單。就是先將自己裡面的渴望交還給神，並且在安靜中問問祂對於這件事情有什麼想法，求神告訴我們祂的心意；在你領受到祂的心意後，就馬上宣告出來。

如同保羅對著哥林多教會所說的：「**身上常帶著耶穌的死，使耶穌的生也顯明在我們身上。**」當我們知道如何讓老我死去，耶穌的生也會在他人身上發動，這意味著當我們個人內在先有所突破，接下來神將會為你打開一個又一個的關卡。

所以我們需要常常在裡面宣告，並且藉此更深明白神的心意，當口裡開始宣告出神的心意，宣告出心裡的期盼時，你將會開始看見神為我們把門打開。若是從第一天禱告至今，神已經祝福你、讓你開始經歷「苦盡甘來」的日子，我為你感謝主，並求聖靈持續帶領你進入更多突破的旅程。

如何能讓生命進入「苦盡甘來」的日子？鼓勵每位家人要藉著「開口」來宣告，甚至藉著敬拜與讚美宣告出來，讓聖靈來引導我們更深明白神的心意。

鼓勵你在本周，讓自己有多一些時間來敬拜神，並在敬拜中求神將啟示賜下，繼續操練這個禱告，讓自己先進入主所啟示要為你預備的「肥甘宴席」裡，也就是在靈裡持續看見你現在所面臨的挑戰或你渴望進入的突破裡將有豐盛臨到，並且要在艱難裡宣告：那「苦盡甘來」的日子、「肥甘的宴席」必要臨到！

家人們，你的心預備好了嗎？預備進入神啟示的浩瀚了嗎？讓我們一起開口來禱告。

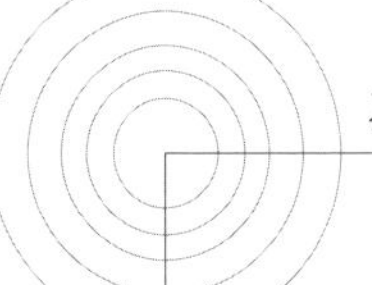

為自己禱告

主聖靈，我們歡迎祢！渴望祢帶領我來貼近父的心意。阿爸父啊！求祢把憐憫的眼光賜下，讓我進入到水深之處。在敬拜時，懇求耶穌基督大能的寶血再來潔淨我的心，讓我更深的歸給祢。

主聖靈，帶領我在接下來那與祢相遇的日子裡，都能藉著祢的靈，叫我心裡的力量剛強起來，好教我在生活當中常常經歷祢奇妙的作為，常常進入「肥甘的宴席」。

求主帶領我，讓那從施恩座降下的信心膏油，膏在我的生命裡，我渴望祢的帶領！奉主的名命令這一切的風浪都住了吧、止了吧！再一次將我心裡所渴望的＿＿＿＿＿＿＿＿，交還在祢施恩座前，願祢在我生命裡做奇妙的工作！奉耶穌基督的名宣告：接下來，我將要進入「苦盡甘來」的日子，在我所渴望的＿＿＿＿＿＿＿＿上，要看見祢極大的作為，要加速進行！

主，謝謝祢的同在，悅納我的敬拜，將榮耀歸給祢，奉靠耶穌基督的聖名禱告！阿們！

Day 4 與神同榮耀

「既是兒女，便是後嗣，就是神的後嗣，和基督同作後嗣。如果我們和祂一同受苦，也必和祂一同得榮耀。」
羅馬書八：17

家人們，當我們迎向「苦盡甘來」的日子，最重要的是需要知道自己是誰，了解自己的身分與價值，可以幫助你面對情慾的試探與世界的拉扯，你將很快順服神的權柄，放棄不屬於你的一切，也因此，神將有極大的祝福臨到，就如同羅馬書第八章第 17 節所說。

你明白嗎？耶穌基督把我們這一群為奴的罪人贖回到天父家中，所以你我是因著阿爸父捨了祂獨生愛子，我們因著祂的寶血得潔淨，因此得稱為神的兒女。所以我們是天父的兒女、與基督同作後嗣，在天國裡是法定的繼承人啊！我們是有繼承權的。保羅在這裡告訴我們，當受了聖靈，開始邀請耶穌進到我們心裡，聖靈便與我們的心同證我們是神的兒女（參見，羅馬書八：16）。

17 節後面這句話可能是大家不喜歡聽到的，「如果我們和祂一同受苦」。受什麼苦呢？從兩個層面來看。首先，生命往往會出現挑戰，而挑戰是要讓我們順從神，而非照自己的意思，這時候，你會遭遇到些苦楚。比如在工作場所裡若有人不誠實、貪污，或總愛批評論斷，這時候，你要順從主聖靈的提醒而不去做呢？或是也開始隨眾而行？照著己意、順從人心是容易的，但卻不見得是神的心意。

第二種苦，則是在跨出去傳講神的救恩時，可能會面對被譏笑或受逼迫。當我們同心為神的國度打拼及傳福音時，「受苦」也意味著你需要犧牲自己的時間和金錢等，這也將會讓你感到不舒服。

但家人們，我卻要提到經文裡最後一句：「必和祂一同得榮耀」。讓我們來禱告，能不能讓神來到這些苦難與風浪裡，並且創造出雙贏的作為？在這「苦盡甘來」的日子裡，每當思想現在的苦楚與將來顯出的榮耀相比，此刻的一些事是否就顯得微小而無須介懷了呢？

現在起，要看見神的心是要讓我們與祂同得榮耀，不再定睛注視現在的苦楚，這是我們一直在談的。神兒女！你是天國的法定繼承人，你在禱告裡是可以向著環境發命令，甚至祝福那讓你感到無助的人。

我們既是神兒女，更有著繼承權，所要繼承的是神本性裡一切的豐盛，將要豐豐富富的成形在我們身上，這意味著耶穌的性情要成為我們一切的性情。在這「苦盡甘來」的日子裡，如何與神一同受苦，也會一同得榮耀，重要的就是要留意自己的心思意念與行為能力不致落入犯罪之中，求神幫助我們能有信心與祂一同受苦，若是因自己的犯罪受苦，就不能說是與祂一同受苦了。

這裡講到的「受苦」，是當別人犯罪時，我們始終堅持要成為清流；這不是件容易的事。世界的試探何其大，讓我們禱告求聖靈來幫助，常常提醒自己遠離那不討神喜悅的事，求聖靈來幫助我們不犯罪，就是在心思意念中、情慾與聖靈相爭的戰場上經歷得勝，因此得以從世界分別出來。

為自己禱告

主聖靈，求祢幫助我！用祢愛的同在，帶領我脫離情慾的網羅、世界的誘惑，幫助我更深愛上祢，就如同雅歌裡說：我屬我的良人，我的良人也戀慕我，幫助我與祢能像所羅門王與書拉密女之間的愛，讓我真明白，祢呼召我要成為祢聖潔的新婦，帶領我脫離一切試探。

求祢再來脫去我的舊樣，為我穿戴基督耶穌的心意，讓我能走進祢的新樣裡。帶領我進入祢的榮耀，幫助我分別為聖，讓我更明白祢的心，在艱難時刻裡，持續對我的心說話，好叫我經歷突破。我主我的神，謝謝祢、讚美祢！

Day 5 恩言的祝福

「既是兒女，便是後嗣，就是神的後嗣，和基督同作後嗣。如果我們和祂一同受苦，也必和祂一同得榮耀。」
羅馬書八：17

昨天提到了要「與耶穌基督一同受苦」，開始學習分別為聖。然而我常常說，家庭是訓練我們品格的地方，內心也知道要常說安慰、造就、勸勉人的話，但卻常常在遇到家人時就破功，就像長年練功卻毀於一旦的感覺。

如何能在家中也進入「苦盡甘來」的日子，讓家裡充滿喜樂的氛圍？唯有求聖靈幫助、謹守我們的口，甚至在不容易的景況中，仍然能夠幽默以對。我們在迎接「苦盡甘來」的日子時，必須要先有些分別，要在態度和行為上開始過著「信是得著，就必得著」的生活。怎麼說呢？就是當我還沒有經歷的時候，就讓自己過著「苦盡甘來」的生活，這就叫作「信心」。我知道這很不容易啊！好比在你忍不住要罵小孩時，就要開始提醒自己：「我要溫柔，不要以口犯罪」。在改變過程中，也難免會受苦，正如同保羅所說的：「我們和祂一同受苦」。

有時候，家人間會出現界線不分、頻頻冒犯我們的事，讓我們也開始學習回到神面前，求神幫助我們能常說恩言；今天要邀請你說的恩言，就是在禱告中來祝福那位常使你感覺很難相處的家人。

神的膏油是從亞倫的頭上流到鬍鬚、再流到衣襟，這意謂著一個膏抹的「次序」，如果你要讓神的祝福進到你家，夫妻同心是非常重要的，父母同心更能使兒女蒙福；倘若無法同心，就如同屋頂破了，下雨時房屋便會漏水，家庭中的意外與紛擾就容易發生了。若你的另一半正是你心中感覺難相處的人，那麼今天讓我們先來祝福一家之主，如果你是一家之主，就開始祝福自己，祝福一家之主的心歡喜、靈快樂，肉身也要安然居住，得以更多祝福這個家。

家人們，接下來這幾天，當你感覺面對家人有發火的情緒時，要特別記住：「苦盡甘來」的生命是藉著我們的口宣告出來的！所以當你忍不住要口出惡言時，先讓自己深吸一口氣，或是吞一口口水，把差點脫口而出的情緒話語先忍住，並且讓自己立刻來到神面前。

操練自己的口只說出「恩言」來。家人們，我再說，這就是你與基督一同受苦的時候！當開始選擇神的路，你就會與祂同得榮耀。

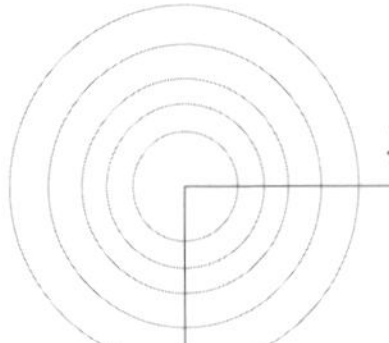

為自己禱告

主耶穌，願祢的寶血潔淨我的口舌，幫助我在家族裡不會以口犯罪，在很多風浪裡，好像感覺到苦楚，求主幫助我能夠不以口犯罪；潔淨我的口舌，讓我常常以祝福的心志來為家人禱告，帶領我在關係裡能更深的尊榮、尊崇祢，也願祢的旨意在我家中完全展開！

主聖靈，我要藉著祢的靈使我心裡的力量剛強起來，讓我不再定睛於環境。求主耶穌來成為我們家裡的中保！

特別要將一家之主交還在祢手裡，求祢釋放平安臨到這一家的頭，在這些爭戰的日子裡，奉耶穌基督的名，一切仇敵的詭計都要一一攻破，願祢帶領我家能走進祢榮耀的日子！求祢持續恩待一家之主，無論面對親子或夫妻關係，將祢愛的膏油持續膏抹下來。

主聖靈，再來幫助、帶領我，在接下來的日子裡，讓我常常口說恩言，對我周遭的家人、同事、朋友說出恩言，願祢的心得著滿足！主帶領我能夠經歷到祢的榮耀！將榮耀歸給祢！

謝謝祢垂聽我的禱告，奉靠耶穌基督的聖名，阿們！

Day 6 祂深知道我

「然而祂知道我所行的路，祂試煉我之後，我必如精金。」
約伯記二十三：10

當我們提到所謂「苦盡甘來」裡的「苦」，通常會想到聖經裡最苦的人——約伯。你是否覺得自己和約伯一樣苦呢？那麼以下的信息，你要特別留意了。當我們仔細去查考約伯記第二十三章第 10 節時，約伯在面對一切都失去的日子裡，他心裡的擔憂是在於「找不到神」，但他裡面卻對神有一分堅定的愛。當撒旦魔鬼與神在爭論時提到，神兒子約伯之所以會相信神，只是因為神賜給他極大的恩福；然而約伯的心並不在乎物質界的滿足、不在乎神賜福他多少，他最在乎的是與神的關係。

在經文裡，我們看到約伯宣告說：「祂試煉我之後，我必如精金。」約伯明白所受的苦是要讓自己緊緊抓住神，要與祂進入更親密的關係。若是你正處在彷彿找不到、看不到、感受不到神，也看不到神開門的時候，正如同約伯所認識的這位神，祂良善、也能夠完全了解我們生命裡的缺乏。

家人們，要迎向「苦盡甘來」的日子時，求神將信心賜給你，在找不著、摸不到祂，在看不見前面道路時，仍然相信神認識你、祂真實了解你。這就是信心。這時候讓我們來宣告：「我了解這一位神」，也是在對神說：「我看不見前面豐盛的路，看不見我一直在宣告的那『苦盡甘來』的日子，但我相信在這段時間裡，祢必定有話要對我說，因為祢是真了解我的神！」

在試煉臨到的日子，你一定要知道，這位神深知你所行的路，祂不撇棄你為孤兒，祂就是要專心愛你！而我們這一生只要做到，在風浪中依然能專心愛祂，也相信如同約伯所說：「祂知道我所行的路。」

我常常邀請家人們作這樣的禱告，今天仍然要邀請你先把眼睛閉上，我求神把你帶到祂要給你的祝福裡，求神打開你屬靈的眼睛，讓你在靈裡看見祂所要做的奇妙，從這個豐盛來看待現在的缺乏，並且為此開口來祝福，當你開始禱告時，你裡面正開始有一個覺醒，你能夠因此知道在所行的一切路上，神的榮耀必要降臨！

家人們，當我們明瞭「祂知道我所行的路」，很重要的是要開始不再埋怨，甚至要讓我們的口能時時說出恩言來。我們的口會說出心裡所想的一切，讓我們再次拔除那屬地的心思意念，你一定要記住，當你立刻轉向神，神蹟奇事就會發生。

為自己禱告

主聖靈，求祢帶領我加入祢的計畫，這更代表著祢要帶領我進入到精彩的生活裡！當我感覺看不見祢，也無法明白前方道路，甚至會因為害怕而無法前行時，求祢幫助我！我也要奉耶穌基督的名宣告：「祢試煉我之後，我必如精金！」祢認識我，知道我所行的路！我心中何等歡迎祢的同在！求祢帶領我進入豐盛！求祢將啟示智慧的靈賜下，讓我真認識祢，真知道祢所加給我的恩典與恩福，是不加上憂慮的。當我開口祝福現在的不足時，願祢來幫助我！

主耶穌，我要來祝福＿＿＿＿＿＿＿＿（不足之處）！

奉耶穌基督來宣告，祢會將＿＿＿＿＿＿＿（豐盛的祝福）賜給我，將祢的恩典持續臨到我的生命中！

主啊！為我戴上救恩的頭盔，保守我的心思意念，讓我心裡所想、口裡所說的，都是屬主的恩言，願祢得著當得的榮耀！

我主我的神，謝謝祢、讚美祢！

Day 7 那所不見的

「我們這至暫至輕的苦楚，要為我們成就極重無比、永遠的榮耀。原來我們不是顧念所見的，乃是顧念所不見的；因為所見的是暫時的，所不見的是永遠的。」
哥林多後書四：17-18

在本周的最後一天裡，讓我們來學習一件事情，你一定要在靈裡有一個看見，神要解決我們的問題其實非常簡單，但我們是否有進入祂的時間表裡。

哥林多後書第四章第 17-18 節裡，保羅告訴我們，他自己所遭遇到的苦難，今日的我們也都會面臨到，而在保羅眼裡，這些苦楚不過是這世間短暫的經歷，所以他用「至暫至輕」來形容，事實上我們所認為的所有艱難，對神來說，其實都是能夠輕易解決的。

所以保羅說，與「至暫至輕」相對比的，正是那「極重無比、永遠的榮耀」，而那「所見的」是暫時的，「所不見的」卻是永遠的。這意味著我們宣告的「苦盡甘來」，並非是那要到人生盡頭才能進入的永生，乃是在現今人生旅程裡，我們就能夠擁有的榮耀生命，這是肉眼所無法看到的。

當我在禱告默想這幾節經文時，也在為自己的生命持續宣告豐盛來到，我領受到神其實渴望我們能有更高的眼界，更多明白在神永恆的製作裡，將透過現今的苦楚來調整你我的性情，而耶穌基督身體裡一切的豐盛，都要豐豐富富的成形在我們當中。

鼓勵你持續以屬靈的視野來看神永恆的製作，如同在啟示錄第十九章第 7 節裡所說，「**我們要歡喜快樂，將榮耀歸給祂。因為，羔羊婚娶的時候到了；新婦也自己預備好了**」。我們這一生無須羨慕這地上的榮耀，老約翰在啟示錄裡告訴我們，這一生的永恆盼望，在於要赴羔羊的婚宴。第十九章第 8 節說：「**就蒙恩得穿光明潔白的細麻衣。（這細麻衣就是聖徒所行的義。）**」「細麻衣」就是神藉著這地上的風浪與喜怒哀樂，在我們與祂面見時所經歷到一切美好的生命製作。在日常生活中，因著我們次次將眼目轉回祂面前、更多的愛祂，與祂進到情感的水深之處，生命也將更多擁有祂所製作的榮美。

那至暫至輕的苦楚，是神要在我們生命中成就祂極重無比、永遠的榮耀。求神吸引我們全部的眼光，帶領我們進入永恆的生命，讓我們看見耶穌所見的永恆，不要再一直注視著那暫時的難處。

現在讓自己安靜下來，再次回到那艱困的場景裡，向神訴說心裡所有的感受。我禱告聖靈現在就開啟你，賜下啟示給你，讓你領受神的心意，好明白神要藉由這些環境如何為你的生命增添永恆的美麗。

為自己禱告

主聖靈，孩子向祢禱告，現在就用祢愛的同在與觸摸，讓我得以更深經歷祢，並且知道祢就在我的身邊，帶領我不再停留在困境與苦楚裡，乃是讓我看見永恆的盼望，以至於我不顧念過去，而是真正在乎祢要在我生命中所做成的奇妙！

我禱告在接下來的日子裡，求主帶領我常常想到祢要在永恆裡對我生命的製作，如同祢僕人保羅所說的，我要在永恆中承受祢永遠的榮耀與同在，而我就是那繼承天國產業的神兒子。

謝謝祢的同在，我主我的神，讚美祢！

留下你想和神說的話：

Week 12

力量

求祂按著祂豐盛的榮耀，
藉著祂的靈，
叫你們心裡的力量剛強起來。

以弗所書三：16

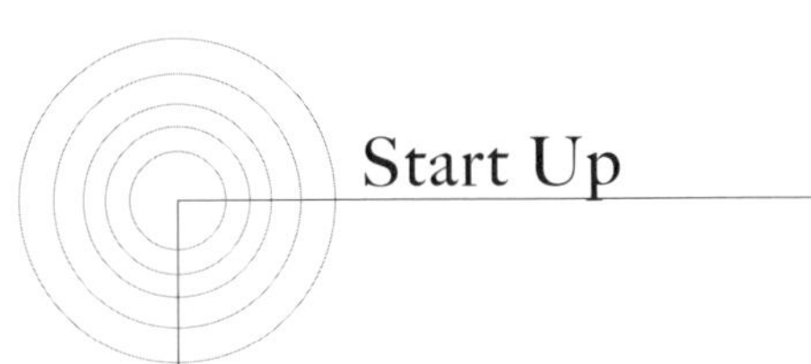

Start Up

1. 花時間安靜下來，想想過去這一周中，我忙於最多的事情是什麼？

2. 哪些事情使我已經被框住了？問問自己，為什麼我不敢放鬆自己？我在怕什麼？

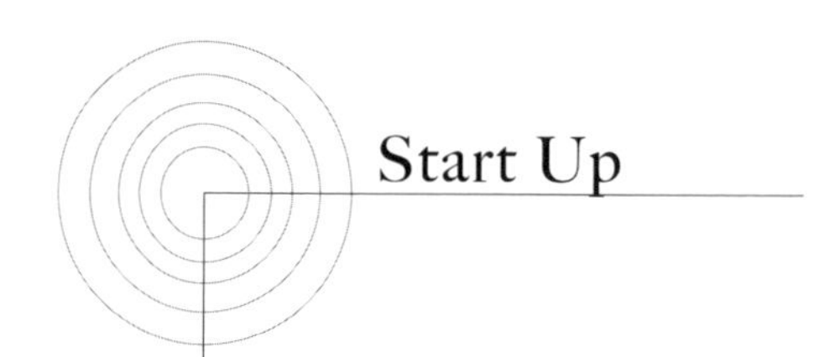

Start Up

3. 問問神，我可以怎麼休息？每天我可以花多少時間安靜在神的同在中？

4. 在安靜中，領受一句天父要對我說的話並宣告出來。

Day 1 祂與我同在

「你不要害怕，因為我與你同在；不要驚惶，因為我是你的神。我必堅固你，我必幫助你，我必用我公義的右手扶持你。」
以賽亞書四十一：10

在過去這一周，我們宣告著「苦盡甘來」的日子，在這本書的最後一周裡，上帝把這樣的詞放到我裡面，就是「力量」。家人們，我們常常容易在經歷突破後就把神忘記了，所以當你開始經歷突破，更需要持續來注視神。如何能夠常常經歷神同在？除非你邀請聖靈天天來到生活裡！

一個被聖靈充滿之人的生命，常常是有力量、有能力的。如同以賽亞書第四十一章第 10 節所說，以色列百姓在面對黑暗時，神的話語臨到他們當中，祂的安慰與鼓勵也臨到，好讓以色列百姓在面見前方道路及一切黑暗日子時，不害怕也不驚惶。為什麼能不害怕、不驚惶？因為祂的同在要再次讓你我知道，祂就是我們的神，祂要幫助並且堅固我們。

在經文裡提到：「我必用我公義的右手扶持你」，「右手」在原文的涵意是神的大能，神的能力與權柄。你會有能力，是因為聖靈的幫助，你會開始領受到從神而來的權柄，因著聖靈持續的引領，也能知道如何行使出權柄的力量。之所以能如此，乃是因為在生命當中始終有個盼望，就是這位神永遠的同在，永遠堅固與幫助我們。

以色列這個國家與神之間的關係是緊緊相連的。神在面對祂心所愛時，賜下的應許就是祂常常的同在，認識神的人一定要明白，祂是一直與我們同在的神，也永遠不撇棄我們。我近日一直在默想大衛在詩篇第十六篇裡所說的經文：「**我將耶和華常擺在我面前，因祂在我右邊，我便不致搖動。**」（詩篇十六：8）神在我們的「**右邊**」，也意味著祂的大能與權柄同在，我們會有能力是因為有祂在我們裡面，因此能有力量得以往前進。

鼓勵你在今天來領受這個「力量」，好讓你能夠繼續向前行。三個月前，我們思考了「爭戰」，而那時，神已在日日夜夜裡為你預備了「力量」。未來日子裡，震動將會愈來愈多，我們經歷了新冠狀病毒的疫情，未來的挑戰還會更劇烈，求聖靈幫助我們，在生活中把「力量」賜給我們。若我們當中有人正處在害怕與驚惶裡，我要求神的同在與聖靈的觸摸現在就臨到你。

本周，我想邀請你，每天出門前都先默想以賽亞書第四十一章第 10 節，並且背誦它。經文裡提到：「**你不要害怕，因為我與你同在；不要驚惶，因為我是你的神。我必堅固你，我必幫助你，我必用我公義的右手扶持你。**」這是神給我們的應許，在面對任何動盪不安、任何黑暗或疾病挑戰時，讓這節經文成為你我隨時的幫助，神的話語要賜下力量，使我們得以繼續向前，透過天天的默想，以這節經文來為自己祝福與宣告神的心意。

為自己禱告

主聖靈，教導我不要把人和環境看得太大，並且清楚明白祢是那獨行奇事的神！當我轉眼向祢，就能看見祢極其的作為！我要領受耶穌基督的力量！賜力量的神啊，把力量賜給我！求祢把那長闊高深的愛充滿在我的生命裡！讓我可以明白主的心，常常思想祢的愛。謝謝祢是我的神，並應許要堅固、幫助我，要用公義的右手扶持我。因著祢應許要賜力量給我，求主讓我每一天都看見祢話語的信實，並牢記祢叫我不要害怕、不要驚惶！在我默想祢話語時，就能開始擁有力量。我主我的神，謝謝祢、讚美祢！

Day 2 休息的力量

「你們要休息，要知道我是神！我必在外邦中被尊崇，在遍地上也被尊崇。」
詩篇四十六：10

在你我生命當中，需要常常歡迎神的同在，更要開始領受從神而來的「力量」。我們要如何領受這個力量？詩篇第四十六篇第 10 節是你我都不陌生的經文，但我必須要說，我們常花很多時間和力氣追求外在或屬靈事物，但卻很少回到自己裡面來與神相見。

你可以安靜獨處嗎？在人生旅途中，「安靜」是十分重要的關鍵。仍然要提到大衛在詩篇第十六篇所說的：「我將耶和華常擺在我面前，因祂在我右邊，我便不致搖動。」（詩篇十六：8）後面更有極大、極美的心意，就是「心歡喜，我的靈快樂；我的肉身也要安然居住。」（詩篇十六：9）當你可以安靜下來，也代表制伏了自己的心，讓你的魂全然服在神施恩座前。

「休息」在原文裡講到可以透過各種讓自己放鬆的方法來安靜，甚至有「聽任」的意思，也就是你安靜下來時，需要去聆聽、明白這位創造萬有的神——非常愛你的耶穌，對你生命有何奇妙計畫。很多方法都能經歷神，但我們卻常常忽略，「休息」也可以經歷祂。

「休息」的英文是「Be still」，有靜止、安靜的意思，在新譯本更譯作：「住手」，也就是告訴你要放下、停住，停止你的現況，進入休息的旅程。追求聖靈充滿並非只能在特殊節日，在休息、安靜裡，就能享受聖靈的同在與觸摸。

過去我常忙碌個不停，後來有位屬靈前輩提醒我要去休息，等到真正安靜後，才發現從中獲得的遠比之前忙碌中的領受更多，在安息時，神對我顯明了祂極大、極美好的心意。「休息」原是神的心意，你若不懂得休息，其實也是犯罪；求聖靈來幫助我們明白「休息」的真諦。

詩篇第四十六篇第 9 節講到「止息刀兵」，這讓我們更明白爭戰得勝的重要關鍵，是在「休息」、「靜止」中，觀看神如何為我們行大事。若是你如今仍無法安靜，要禱告求神拔除心裡一切的煩雜，並奉耶穌基督的名命令混亂完全離開，求神愛的同在與觸摸，現在就臨到你的生命中。

「休息」，不一定就是靜止不動，也可以去做一些你喜歡做的事，比如：爬山、逛街等。「休息」指的是要甩掉魂裡一切的想法，才能夠讓更新的力量進來。邀請大家在這一周裡，就讓自己好好的休息一天或半天，去做想做的事，什麼事都不想，只是單單先善待自己。在這樣休息、放鬆的時光裡，願你愈來愈明白神的啟示。

為自己禱告

主聖靈，謝謝祢，再次用祢的同在親自充滿，讓我更深明白祢的旨意。我主我的神，求祢再來幫助我更深的愛祢！求祢把那休息的恩典臨到我，好讓我可以安靜在祢裡面，感受到祢時刻與我同在，幫助我能安靜觀看祢的作為，祢就是那在外邦中被尊崇、在遍地上也被尊崇的神！

主聖靈，呼求祢的平安臨到我，在捲入爭戰時，祢說爭戰是屬乎祢的，讓我學習把一切的混亂、擔心與過度的責任感，全然交還在祢施恩座前。當我安靜下來，祢就掌權作王！幫助我好好的休息，不論時間多久，求祢差派天使環繞，讓我感受到祢滿滿的愛。

我主我的神，謝謝祢、讚美祢！

Day 3 脫困的力量

「要擴張你帳幕之地，張大你居所的幔子，不要限制；要放長你的繩子，堅固你的橛子。」
以賽亞書五十四：2

在這個震動的時代中，有許多事情容易把我們困住，瘟疫疫情、天災、戰爭、經濟困境等等，我們的心被困住了，或者你的工作、和家人的關係也被困住了；奉主名祝福每一位被困住的神兒女，在接下來的日子裡，神要你的腳開始跨出去，有一個突破的能力會臨到你，這就是從神領受的「力量」！

若這是你，我禱告現在你就要從神領受「力量」，這個力量要讓你不慌不忙，並且真知道所走過的每一個腳蹤、所踏過的每一個腳步，都是從神而來，都是祂為你所開的門！奉耶穌基督的名祝福每位被困住的神兒女，要拿起你的權柄來宣告。

讓我們再次來進行這樣的操練。鼓勵你要先求聖靈帶領你進入內心的期待，再從這個期待裡去看到現在的不足，並且起來祝福！現在就來祝福自己，當你感到被困住時，要更多起來祝福自己，開始在前面的道路走進豐盛！只要看見不足，就起來祝福！

我想要鼓勵感覺自己被困住的家人，不要常陷在被困的情緒裡，需要藉由開始祝福來幫助你跳脫！在禱告中，我感覺我們當中有些人，神一直在呼召你，現在就開始來祝福你所在的工作職場或事奉，祂要擴張你的帳幕、堅固你的橛子！

還有一些家人，你無法明白這禱告已久的事為什麼始終沒有突破，感覺該做的都做了，但卻遲遲未見改變。在禱告裡，我看到一個圖像：一隻手緊握著很多東西，我要鼓勵你，這是一個住手的日子，需要開始停止你一切的謀畫，單單觀看神的作為。

家人們，有時並非是神不動工，而是你我可能都處在生命的堅固營壘裡。求聖靈來幫助、光照我們，當心裡的力量剛強起來時，才可以擊垮這一切的堅固營壘、各樣攔阻我們與神之間關係的計謀，甚至於那在我們裡面一切自高之事，也就是心中的驕傲。

「自以為是」及「驕傲」是神兒女要面對最麻煩的功課。若你裡面感覺無法跨越、被困住，求聖靈來光照，你是否已進入自以為義或自定的框架裡，總覺得一定要這麼做才行？也許神要從另一個不同的角度來處理這件事。

我要求神打破一切的堅固營壘，求聖靈幫助你心中能有一個跨越，讓你可以明白，且有信心相信：神所做的絕對比我們自己去強求而來的更好。

為自己禱告

主聖靈，我感到自己生命被困住了。求祢幫助我能夠不見一人、只見耶穌，賜下祢的心意與更深的愛，當我在等候與看到現況不足時，不再陷入沮喪、挫敗與埋怨，關閉我乖僻的口！關閉我常常批評、論斷與埋怨的嘴！讓我口中能流出活水，常常向自己發預言！

求祢讓我進入祢的同在，奉耶穌基督的名挪除那一切讓我無法進入祢豐盛的攔阻與障礙，持續帶領我經歷祢奇妙的作為，在等候的日子裡，讓我等出對祢絕對的信心與愛！幫助我在生命當中經歷極大的突破！幫助我能藉著祢，叫我心裡的力量都剛強起來！當我靈甦醒時，真知道祢就是我腳前的燈、路上的光，祢就是為我引導引路的神。求祢持續帶領我看見祢極大的作為，帶領我進入豐盛之處，在未來的日子裡，因著領受從祢而來的力量，禱告那所有失去的，都要全然奪回！

我主我的神，謝謝祢、讚美祢！

Day 4 剛強的力量

「求祂按著祂豐盛的榮耀，藉著祂的靈，叫你們心裡的力量剛強起來。」
以弗所書三：16

特別在這領受「力量」的時刻，要鼓勵我們當中有些人：神要帶領你，當擁有了從神而來的力量時，你會開始成為一個喜樂的人！神正在做一件新事，在未來的日子裡，你會愈來愈有能力，祂要用真理的帶子為你束腰，就如同軍隊要上戰場前，都會束緊S腰帶，好叫戰士可以腰桿打直，開始預備打仗。然而，在面對爭戰與挑戰時，要相信你我所信的神是得勝的神，爭戰是屬乎耶和華，我們要做的，就是常常宣告得勝。

以弗所書第三章第16節，是我常常祝福自己的經文，鼓勵你也可以把它背起來，牢牢記下來。保羅知道在神裡有一切「豐盛的榮耀」，在榮耀的背後就是神的屬性，所以神這一切屬性都要豐豐富富的製作在我們的生命當中。

家人們，我們要如何才能進入到這「豐盛的榮耀」裡？乃是要藉著祂的靈，叫每位神兒女心裡的力量都要剛強起來！經文中提到的「心裡」，指的是我們的「Inner Man」，就是我們內在的「靈人」，聖靈要來幫助這靈人一天天的甦醒起來。

保羅要我們開始回到自己裡面，去注視著內住在心中的聖靈，好在領受從神而來的力量後，我們裡面就能夠剛強，以至於可以掌管我們的魂，甚至能掌管我們的身體。當你是屬靈新生命時，很可能因著稚嫩而軟弱，更需要開始天天藉著神的話來滋潤、餵養，好讓你一天天的長大；而重要的是要常常祝福自己裡面的靈人，能夠脫去舊人，穿戴基督。

神兒女啊！要讓你的靈甦醒過來！鼓勵你在接下來的每一天裡，都拿著以弗所書第三章第 16 節來為自己祝福，甚至也可以常常去祝福那你心中無法勝過的人，祝福他裡面的靈人要甦醒過來！

為自己禱告

我主我的神，感謝祢、讚美祢！
求祢釋放極大的榮耀，願祢大步行走在我的生命裡，按著祢豐盛的榮耀，藉著祢的聖靈，叫我心裡的力量剛強起來！
在接下來的日子裡，我要領受從祢而來的「力量」，願祢來充滿我，幫助我常常安靜在祢施恩座前，每當我回到自己裡面來注視祢時，讓我更加衰微，而祢更加興旺，讓我更加伏低，而祢更加升高！讓我們看見祢極其的榮耀。
主聖靈，在安靜與祢相遇的時刻裡，我的心要全然歸向祢，讓我更深的愛祢！求祢將鴿子眼賜給我，讓我專心愛祢，祢就搭救我，讓我專心愛祢，祢就叫我穩行在高處，讓我專心愛祢，就能嚐盡祢勝似美酒的愛情！
我主我的神，謝謝祢、讚美祢！

Day 5 得勝的力量

「神說：因為他專心愛我，我就要搭救他」
詩篇九十一：14

家人們，今天是否有為自己的靈人祝福禱告，是否感受到神的能力已在你生命中？共勉一起藉著神的靈，叫我們心裡的力量剛強起來！

很多時刻，我們真的沒有辦法靠自己剛強，需要神天天臨到我們生命當中。想要和家人分享我自己在面對疾病的經歷；在忙碌服事中，我感到身體有些不適，後來在篩檢中也發現自己確診了；於是我開始起來為自己的身體爭戰，宣告：要藉著祂的靈使我心裡的力量剛強起來。我真的要說，爭戰是屬乎神的，而我們所信的這位神，祂已經得勝了，不但得勝，更是勝了又勝的王！因著祂得勝，我們也必得勝。

當我身體不舒服的時候，我感覺到神一直帶領我安靜在祂面前，讓我的心持續專注於祂，當不舒服的症狀出現時，我就開始起來奉耶穌基督的名宣告：我的身體極其健康！我的身體是屬乎神的！

家人們！爭戰裡很重要的概念是，我們其實不需要用力，而是要持續、專心來注視我們的王。生命中遇到的艱難很容易讓生命失焦；然而每次在患難裡，若是能去思想主耶穌為我們所做的一切：

祂為我們釘在十架上，內心的苦痛、身體皮肉的劇痛，以及為我們所捨去的一切……每當轉眼仰望耶穌的愛時，我們的生命就能經歷到更大的突破；因為真實知道這位神完全了解我們裡面的難處，榮耀的君王已完全擔當我們一切的罪。

在面對病痛時，我感覺自己被神的愛再次大大的摸著。當我不再定睛於身體的不適，而是思想主耶穌被釘在十字架上時，官兵給祂的所有折磨……當釘子釘入祂的手時，又是多麼的痛呢！這一切的痛苦，完完全全是為了我們，為要把我們帶回到天父的家中。

神幫助我回到祂裡面，享受那爭戰的得勝，我心中也不斷有平安臨到。我們真的沒有辦法依靠自己，但天父知道我們一切的軟弱。當耶穌基督被接回天父上帝的右邊、為我們代求時，祂也賜下聖靈保惠師來幫助我們，好讓我們在生命旅程中，可以常常藉著聖靈去經歷上帝奇妙的作為。

我想鼓勵家人們，在你身體有任何不舒服時，要持續轉向神，讓你的靈人得以甦醒過來。小病時的爭戰操練，可以幫助我們在面對大風浪時更多與上帝同工，並且經歷祂奇妙的作為、經歷得勝！

風浪能夠把我們推進神的心意裡，讓我們得以與神更加親近。或許也有一些家人，此刻你正面臨到挑戰與風浪，我求聖靈帶領你進入對祂的專注裡，特別在需要領受「力量」的時候，你需要擁有專注於神的鴿子眼。詩篇第九十一篇裡，「**神說：因為他專心愛我，我就要搭救他**」（詩篇九十一：14）期待聖靈帶領我們更深經歷到祂的愛。這是領受力量，也是承載神愛的度量的日子，神的愛要大大彰顯在我們中間！我禱告聖靈的恩膏膏抹每位家人，讓我們更深愛祂、更多經歷祂奇妙的作為。

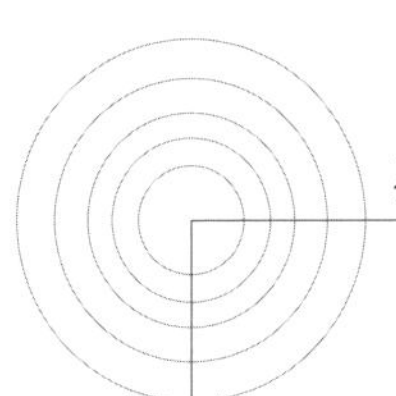

為自己禱告

主耶穌，我讚美祢、感謝祢！讚美祢是獨行奇事的神，求祢釋放那極大的愛火燒著我，讓我在禱告裡領受祢的同在！

主聖靈，帶領我進入水深之地，讓我得以全然俯伏在神施恩座前，求祢將復興禱告的靈火燒著我，讓我更深的愛祢，渴望能與祢真實的相遇，將我的全人全心都歸還給祢！謝謝祢的同在！

Day 6 恩典的力量

「我靠著那加給我力量的，凡事都能做。」
腓立比書四：13

很多人會以腓立比書第四章第 13 節的經文來宣告，或以此來強調神的應許；然而從上下文來看，這其實是保羅要告訴腓立比教會關於金錢的教導。

我們對於金錢要持中性的看法。人們常在金錢缺乏時，會失去力量，甚至心思意念也容易走偏；因此保羅提到：「**我靠著那加給我力量的**」。在腓立比書裡得見保羅與腓立比教會有著非常親近的關係，而腓立比教會也是保羅在事工上的支持者。保羅在此要分享的是，無論經歷到什麼樣的貧窮與患難，他始終能夠知足，他一切力量的來源在於知道要「靠著那加給他力量的」，以較白話的方式來說，保羅學會了凡事要倚靠神那白白的恩典來過日子。

你我其實都在靠恩典過日子，每一天都要靠著恩典才能存活。保羅學會在生命裡如何開始倚靠神的恩典，他裡面常常心存感激，感謝神為他所做的一切。所以，若你正身處風浪中，要如何擁有力量？就是要靠著「那加給你力量的」，倚靠的方法就是從學習感謝開始。

當保羅被軟禁時，還告訴外面的弟兄姐妹說：「要靠主常常喜樂」（參考，腓立比書四：4)，世人的眼光來看，恐怕覺得這個人瘋了吧？而保羅卻真實知道，人之所以能夠得著力量，乃在於擁有真實的倚靠——就是那加給人力量的主耶穌。在這領受「力量」的日子裡，求聖靈幫助我們，能夠在生命當中常常真實知道自己是有所倚靠的，而且是靠著「那加給我們力量的」來領受恩典。

前兩天鼓勵大家要為著自己的靈人禱告，你是否有因此領受到恩典呢？其實並不是我們做了什麼才被祝福，而是神自己定意要幫助我們，要記得我們是因信稱義，不是因著行為稱義。鼓勵每位家人常常把自己交給神，常常為著現況或患難日子來感謝祂。

家人們，我想邀請你在接下來的日子裡，可以早、中、晚三個時段中，固定找出五分鐘時間，為著所經歷到的恩典來開口感謝。照三餐來數算神的恩典，也求主讓我們真實經歷到「靠著那加給我力量的」，領受祂「白白的恩典」，凡事都能做！

來感謝神在我們身上所行的一切。在過去的生命中，你是否也有在各種景況中經歷到與神相遇的美好呢？我要奉耶穌的名祝福每位神兒女，無論任何景況，都無法攔阻你與主的神聖相遇。

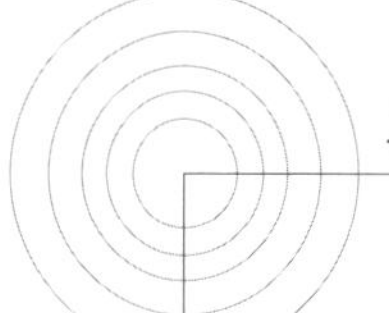

為自己禱告

主耶穌，感謝祢在十字架上為我所做的，真知道祢已成就一切的榮耀，背負我們所有人的罪；我感謝祢！我今日之所以可以愛、之所以可以存留，都是因著祢所付上的一切！神啊！幫助我在患難中能夠專心、單單思想祢的愛，讓我每次回到祢施恩座前就能重新得力，幫助我不作放肆的兒女，乃是要向著標竿直跑，而祢就是那標竿！耶穌基督，祢就是我的唯一，祢就是我奔跑的方向。

阿爸父，謝謝祢賜下愛子耶穌基督，把我們挽回到祢家中，謝謝祢讓我領受白白的恩典！也要為著我生命中的軟弱來感謝祢，在這些軟弱裡，祢要製作力量！祢要從施恩座前釋放能力，在患難的日子裡，將那屬天的力量賜給我。我要奉耶穌基督的名宣告：因著祢所賜下白白的恩典，我要靠著那加給我力量的，凡事都能做！

主聖靈，求祢帶領我常常經歷祢，富貴或貧窮對我而言都沒有任何不同，因為我的每一天都要靠著祢的恩典來過，帶領我領受祢更深的愛，讓我常常經歷祢奇妙的作為！我主我的神，謝謝祢、讚美祢！

Day 7 全心來愛主

「你要盡心、盡性、盡意、盡力愛主你的神。」
馬可福音十二：30

在談到要領受從神而來的「力量」，其實是神要幫助我們能夠更多的成長，在安靜中看見神如何在我們生命裡釋放出祂的大能。因此，當我們學習安靜，甚至是住手，就會看見神為我們所作的工，當我們做好當做的，神就會開始動工祂的部分。

這些日子來，我也開始學習一個功課。每每心裡期盼著一些事情能快速成就，但卻彷彿時候未到，我就開始學習在想到這些事情時，一次又一次把它交還給神。每次都在神面前安靜幾分鐘，這讓我學習了交託，不讓自己總停留在擔憂裡，而是卸下重擔，單單把一切歸給神。

在代禱者的生命培育旅程中，很重要的是要在生活中常常操練經歷神，也讓信心能因此持續成長。渴望每位家人在預備成為代禱者時，要培育及強壯內在的生命，讓我們的靈時常保持平安。始終都要提醒大家，每一天都要分別一段時間來，單單安靜在神面前，與祂對話、享受祂的愛。

保羅對提摩太說：「操練身體益處還少，唯獨敬虔，凡事都有益處，因有今生和來生的應許。」（提摩太前書四：8）

如何能進入敬虔的生活，進入分別為聖的日子？重要的是要讓我們的眼目離不開耶穌基督。過去這段時間的操練，是否有因著常常讓自己回到神面前，而感覺到心中有股力量興起，開始不是單顧自己的事，而能夠開始跨出去，成為他人的祝福？

也許我們當中有一些人，過去你曾十分熱衷於服事，但卻因著一些際遇使你心中出現了「失望」，也讓你因此停滯不前。在這個季節裡，邀請你藉著一起禱告的操練，開始在這件事情上有所跨越和突破！神在我們身上的心意，是要我們進入第一誡命裡，就是「你要盡心、盡性、盡意、盡力愛主你的神。」（馬可福音十二：30）我們不是靠著自己的力量去愛祂，而是在與祂相遇時，享受祂的愛與恩典，並且與祂同心，看見生命的價值，進而回應大使命的呼召。

在這最後一天裡，我想邀請你思想一下，過去這三個月裡，是否有什麼奇妙的經歷？當持續進行生命操練時，我相信你的心靈會經歷到平安；當心中愈來愈平安，就會發現無論走到哪裡，總有人很喜歡跟你在一起，因為你裡面釋放出平安的氣息，人們也因此看見了住在你裡面的耶穌。

不要停止你的禱告，讓我們未來繼續在禱告與敬拜中與祂相見！

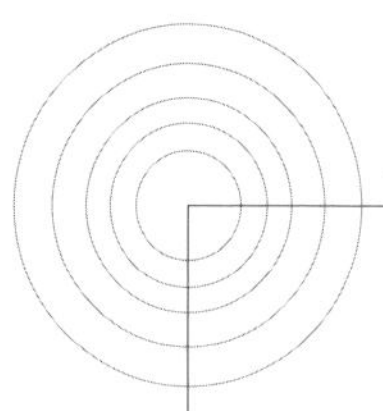

為自己禱告

天父，我要讚美祢，每一天都是新的！
我渴望能看見祢的天門打開！
主耶穌基督，我要奉祢的名宣告：
願祢榮耀充滿在我的生命、我的家庭與我的教會裡，
更充滿在我的國家和列國當中！
祢是我的神，祢在前面引領我！
懇求主聖靈繼續帶領我禱告，
讓我能真實摸著神的心，
也願因著我，神的心得著全然滿足！
我主我的神，謝謝祢、讚美祢！
將一切頌讚、榮耀、愛戴都歸在祢至高的寶座上，
禱告奉靠耶穌基督的聖名！阿們！

留下你想和神說的話：

尾聲

親愛家人們，恭喜你一同走完這為期 12 周的禱告旅程！

在這三個月旅程中，你是否更多地等候聆聽主的聲音，我更多地渴望在聆聽主的聲音中，不只是這短短的旅程而已，更要成為你我生活中的一部分。

「我的羊聽我的聲音，我也認識他們，他們也跟著我。」（約翰福音十：27）

當末後震動的日子越多時，神的兒女如何能安然躺臥呢？

乃是我們反覆咀嚼神的話語並且隨時聆聽神的聲音，以至於我們心中更能明白神的時間與時機。這樣的人，他永恆的生命是不易被世界奪去，並能成為平安之子。

期望你，繼續常常花時間進入隱密之處，注視祂、真實對祂述說你內心的喜怒哀樂，聽聽天父的想法，問問神：「祢要領我進入何處？告訴我該怎麼做？」

讓你我的生命充滿祂珍貴的聲音，隨時由祂來引導。

因為珍貴，所以祂的聲音值得你隨時紀錄與翻閱。

李協聘 Jushia Li

國家圖書館出版品預行編目 (CIP) 資料

跨 Pray/ 李協聰作 . -- 一版 .
-- 臺北市：希望之聲文化有限公司 , 2023.01-
冊；　公分
ISBN 978-626-96883-2-6(第 2 冊：平裝)

1.CST: 基督教 2.CST: 祈禱
244.3　　111021645

書名：跨 Pray 2

作者：李協聰
文字編輯：楊銳新、韋虹吟、陳俊賢
封面設計：費雪設計
版面編輯：費雪設計
發 行 人：劉黛蒂
出版發行：希望之聲文化有限公司
地址：11568 台北市南港區經貿二路 188 號 18 樓
電話：(02) 2785-0126
傳真：(02) 2785-9659
E-mail：voiceofhope101@gmail.com
定價：NT.350
出版日期：2023 年 3 月，一版一刷
再版年份：27 26 25 24 23
再版刷次：15 14 13 12 11 10 09 08 07 06 05 04 03 02 01
ISBN：978-626-96883-2-6

Published by Voice Of Hope Publishing Company
Address：18F., No.188, Jingmao 2nd Rd., Nangang Dist., Taipei City 115, Taiwan (R.O.C.)
Chinese edition published by permission of the publisher